Ein Münchner auf Sylt
in Thailand

BOOKS on DEMAND

Danke Thailand für diese wundervollen Erlebnisse. Wir hatten zum Zeitpunkt unserer Entscheidung für diese Reise keine Wohnung mehr. Der Untermietvertrag war ausgelaufen. Wir überlegten uns, was unser nächster Schritt sein könnte. Und dann kam uns diese ausgezeichnete Idee und wir entflohen dem kalten Wind und auch dem Schnee in Richtung Thailand.

Christoph Maria Wenter

Ein Münchner auf Sylt
in Thailand

Thailand aus meiner Sicht

*Bibliografische Information der Deutschen Natio-
nalbibliothek:
Die Deutsche Nationalbibliothek verzeichnet diese
Publikation in der Deutschen Nationalbibliogra-
fie; detaillierte bibliografische Daten sind im Internet über http://dnb.dnb.de abrufbar.*

Fotos: Sandra Wenter

*Herstellung und Verlag: BoD – Books on De-
mand, Norderstedt*

ISBN: 978-3-7528-1747-8

Inhaltsverzeichnis

Kapitel 1 – Kreditkarte verlieren ist etwas für die anderen 7

Kapitel 2 – Wat Pho und die richtige Antwort 16

Kapitel 3 – 10 Unterschiede, die mir sofort einfallen 24

Kapitel 4 – Die Überschwemmung nachts um 11 Uhr...38

Kapitel 5 – Ein Vergleich zwischen dem Olympiaturm und dem Mahanakhon........41

Kapitel 6 – Schwimmen im Lumpini Park in Bangkok 46

Kapitel 7 - Gefühlt im Kühlschrank von A nach B 51

Kapitel 8 – Mit dem Bus nach Nordthailand oder sind wir dafür schon zu alt? 56

Kapitel 9 – Mit dem Taxi durch Nordthailand 64

Kapitel 10 – Die unterschiedlichsten Lebensmodelle an einem Abend 68

Kapitel 11 – Reiki erster Grad auf bayerisch 73

Kapitel 12 - Touching Day auf Koh Phangan 78

Kapitel 13 – Mit dem Scooter kreuz und quer über die Insel 89

Kapitel 14 – Wir verabschieden uns von Thailand...94

Rückblick – es war vieles sehr wundervoll 100

6

Kapitel 1 – Kreditkarte verlieren ist etwas für die anderen

Es gibt ja immer wieder die Geschichten von anderen Reisenden, die berichteten, dass Ihnen die Kreditkarte geklaut wurde. Auch wir hatten solche Geschichten gehört und über die eine oder andere Erzählung musste ich schmunzeln. Wie war so etwas möglich? Ich war überzeugt, dass Menschen einfach zu sorglos mit ihrer Kreditkarte umgingen. „Mir passiert so etwas sicher nicht", waren meine Gedanken. Schließlich verreiste ich seit über 30 Jahren in der Welt und hatte schon viele schöne Ecke besucht, ohne meine Kreditkarte zu verlieren. Das ein oder andere Mal hatte meine Bank die Bargeldabhebung unterbunden. Ich war gezwungen über komplizierte Wege Kontakt mit der Heimat aufzunehmen. Doch die Kreditkarte hatte ich noch nie verloren!

Im Vorfeld erkundigten wir uns, welche Kreditkarte die meisten Traveller in Asien verwendeten und welches Angebot für uns am günstigsten erschien. DKB war die Empfehlung. Die Kontoeröffnung war schnell erledigt. Für dieses Konto beantragten wir zwei Kreditkarten, für jeden eine. Es lief alle reibungslos und zusammen mit den entsprechenden EC- und Kreditkarten im Gepäck flogen wir Anfang Februar los. Nach einem sehr entspannten Flug, mit Flugpause in Dubai, kamen wir am Flughafen mit dem unaussprechlichen Namen Suvarnabhumi in Bangkok an. Die Immigration dauerte dieses Mal etwas länger, da zu diesem Zeitpunkt Chinese New Year war. Viele Chinesen nutzten die Feiertage und verreisten in das benachbarte Thailand. Entsprechend lange war auch die Schlange. Es machte uns nichts aus, da wir auch im Flieger ganz gut geschlafen hatten und uns auf die bevorstehenden Ferien freuten. Nachdem wir unser Gepäck vom Band aufgenommen hatten, beschlossen wir, uns gleich eine thailändische SIM Karte für unser Telefon zu besorgen. Ich hatte die ersten 50 Euro Bargeld in Baht umgetauscht und das Geld reichte ziemlich genau für unsere beiden SIM Karten. Mit 30 Tagen Gültigkeit und Internet frei, waren wir beide gut versorgt. Doch da fiel mir ein, dass wir ja auch Baht für das Taxi zum Hotel benötigten. Ich sagte zu meiner Frau: „Ich probiere gleich mal die neue Kreditkarte aus, mal sehen ob es hier auch funktioniert". Um die Ecke war ein Geldautomat und voller Stolz steckte ich meine neue schwarze Kreditkarte im Edeldesign in den Automaten. Alles funktionierte einwandfrei und ich entnahm die 5000 Baht, was umgerechnet 200 Euro entsprach.

Ausgestattet mit Internet und Bargeld begaben wir uns zum Ausgang und organisierten uns ein Taxi. Hier gab es sogenannte prepaid Taxi-Stände. An diesen Verkaufsständen gaben wir unser Fahrziel an und bezahlten im Voraus. Vollkommen simpel! Ich kannte von anderen Flughäfen das Feilschen mit den wartenden Taxifahrern. Diese nutzen oft ihre Situation aus und verlangten überzogene Preise. Doch hier war es inzwischen geregelt. Als wir aus der Ankunftshalle ins Freie traten, traf uns die volle Wucht der Hitze. Wir kamen aus dem winterlichen Sylt und hier wurden wir von feucht-tropischen 30 Grad am Abend empfangen. „Puh, ganz schön warm", hörte ich meine Frau. Und genauso empfand ich es auch. Klar, wir hatten auch noch unsere langen Hosen und die dicken Schuhe an. Wir marschierten mit unserem Rucksack zum Taxistand. Ein paar Minuten Warten und dann kam das rot-gelbe Auto angebraust. Nach ein paar Verständigungsschwierigkeiten hatten wir uns darauf geeinigt, dass wir über den Highway fahren werden. Zu diesem Zeitpunkt wussten wir noch nicht, was das bedeutete. Wie sich später herausstellte, meinte der Taxifahrer, dass dies der schnellste Weg sei und gleichzeitig zweimal eine geringe Benutzungsgebühr anfiel. War uns in dieser Situation allerdings egal, da wir einfach ins Hotel wollten.

Mitten auf der Autobahn fuhr der Taxifahrer plötzlich nach links und hielt dort am Seitenstreifen an. Wir brauchten allerdings etwas, um zu realisieren, dass hier die linke Seite als Standstreifen fungiert. Dieser sah allerdings anders aus als bei uns, mehr wie so ein Feldweg. Der Fahrer murmelte etwas vor sich hin, was wir nicht verstanden, nahm eine Plastiktüte mit nach draußen und öffnete die Motorhaube. „Was macht der denn da?", fragte meine Frau. Ich hob die Schultern, da ich mir keinen Reim darauf machen konnte, was jetzt gerade passiert war. Er versteckte die Plastiktüte irgendwo unter der Motorhaube und kam mit einem breiten Grinsen wieder zurück. „for dinner", sagte er zu uns. Wir sahen uns nur fragend an. „Hast Du eine Idee?", fragte ich. Doch dann fiel es uns ein und beide fingen wir zu lachen an. Der Fahrer hatte sein Abendessen genommen, unter der Motorhaube abgelegt, weil es da wärmer ist und nutzte so die Fahrt, um sein Essen zu erwärmen. Wir staunten nicht schlecht über so viel Pragmatismus und der Fahrer stimmte in unser Lachen ein. „Yes, yes, hot" sagte er noch und fuhr weiter.

Gerade wechselten wir die Autobahn und in einem hohen Tempo ging es weiter. Ein Blick auf den Tacho verriet mir, dass die Fahrt gar nicht so schnell war. Nur die ausgeleierten Stoßdämpfer und das etwas schäbige Innere des Autos vermittelten mir den Eindruck, dass wir gerade in einem Höllentempo über die Autobahn flogen. Naja, der Tacho konnte natürlich auch defekt gewesen sein, wer weiß?

Wir kamen an ein weiteres Mauthäuschen. Hier standen stolze Polizisten in Uniform mit ihren Motorrädern und riegelten die Durchfahrt ab. In der ersten Reihe stehend, waren wir etwas überrascht.

10

„Was hatte das zu bedeuten?" murmelte meine Frau. Ich schüttelte den Kopf und wusste es ehrlich nicht. Die Polizisten standen mit stoischem Gesichtsausdruck, verschränkten Arme und eng sitzenden Uniformen vor uns. Ihr Gesichtsausdruck verriet nichts. „What happens?" fragte ich. Einfache kurze englische Sätze ohne viele Wörter hatten sich für eine Konversation mit unserem Fahrer am besten bewährt. Alles weitere drum herum verwirrte ihn nur. Die Antwort kam auch prompt. „Queen!" Mmmh! Damit konnten wir nichts anfangen und wir fragten noch einmal. Doch es kam die gleiche Antwort.

Gleiche Frage, gleiche Antworten! Das gleiche tun und das gleiche Ergebnis erzielen! Kam mir bekannt vor. Also stellte ich meine nächste Frage anders. „Accident?" „Car of queen" war die entsprechende Antwort. Und jetzt verstand ich langsam, was damit gemeint sein könnte. Wenn jemand aus der königlichen Familie mit dem Auto unterwegs ist, wird der Weg für den Wagen gesperrt. Dies hatte ich früher schon einmal in Bangkok erlebt und es hatte mich völlig verdutzt.

Das heißt also, die knappe Information bedeutete, dass genau zu diesem Zeitpunkt das Auto der Queen, also der Mutter des aktuellen Königs auf einem gleichen Autobahnabschnitt unterwegs war wie wir. Somit mussten alle Autos warten, bis die Autobahn wieder freigegeben wurde. Es dauerte geschätzte 30 Minuten bis wir wieder weiterfahren durften.

Dennoch gut gelaunt kamen wir im Hotel in der Altstadt an und bezogen ein feines Zimmer ganz in der Nähe des Chao Praya, der Fluss, der durch ganz Bangkok fließt und mich mit seinen vielen Booten immer schon fasziniert hatte und auch heute noch fasziniert. Wir waren froh, dass wir unsere Rucksäcke und die warmen Kleidungsstücke endlich ablegen konnten. So tauschten wir Jeans und Pullover gegen Flip-Flops und Shorts.

Da wir Hunger hatten, erkundigten wir uns wo wir hier in der Nähe noch etwas Leckeres bekommen könnten. Und wir hatten Glück. Gleich nebenan war ein Restaurant mit einer Dachterrasse und einer phantastischen Aussicht auf den Chao Praya. Was für ein Traum! Vor uns lag der Fluss mit seinen vielen Booten und genau gegenüber lag das

12

beleuchtete Wat Arun, ein ganz besonderes High-light, das für viele als „Must-Do" auf der Liste steht. Mit offenem Mund und voller Freude wieder im schönen Bangkok sein zu dürfen, sahen wir auf der anderen Seite des Flusses den hell erleuchteten Königspalast mit seinen vielen Tempeln und goldenen Dächern. In etwas größerer Entfernung standen neue Hochhäuser von Bangkok, die in den letzten Jahren mehr und höher geworden sind. Wir starrten gebannt auf alles und bestaunten den Anblick. Es war ein großes Geschenk auf dieser Dachterrasse zu speisen. Wir wussten gar nicht so genau, wo wir zuerst hinsehen sollten, so außergewöhnlich war die Aussicht. Es war einfach herrlich. Wir bekamen einen schönen Tisch für zwei und überlegten uns wer sich wo hinsetzen darf. Schließlich beschlossen wir, dass ich den Flussblick bekomme und meine Frau den Königspalastblick. Wir saßen erst einmal da und waren vollkommen in Dankbarkeit über den tollen Anblick, den warmen Wind und das Glück hier sein zu dürfen. Und wenig später kam noch ein ausgefallenes thailändisches Essen dazu, das den Abend einfach abrundete. Wir waren rundum zufrieden. Ich verlangte nach der Rechnung und wollte das Essen mit der Kreditkarte bezahlen. Doch wo hatte ich diese hingetan? Ich sah in meinem Hüftgürtel nach. Hier war alles Wichtige verstaut. Doch keine Kreditkarte! Plötzlich hatte ich das Bild vom Kreditkartenautomaten vom Flughafen im Sinn. Mein

Unterbewusstsein gab mir die Information und mir wurde sofort klar, wo die Karte steckte. Ich sah die Karte vor meinem inneren Auge noch im Automaten stecken. Doch das wollte ich in diesem Moment nicht glauben. Fieberhaft durchsuchte ich all meine Taschen. Ich konnte sie nicht finden. Da bestätigte sich meine Ahnung. Oh nein, nein, nein!! Das konnte und durfte nicht wahr sein. Ich wühlte noch einmal meine Taschen durch, doch es blieb beim selben Ergebnis.

Die neue Kreditkarte war weg. Mir wurde kalt und warm gleichzeitig und die übelsten Geschichten, die wir gelesen hatten, schossen mir durch den Kopf. Ich sah unser wohl verdientes Geld gerade durch die Hände rinnen. Alles verloren!

Und dann konnte ich das Bild am Automaten Stück für Stück rekonstruieren. Bei uns läuft es so, dass wir zuerst die Karte entnehmen und dann das Geld bekommen. Hier war es genau anders herum. Und nachdem ich das Geld entnommen hatte, war für mich der Prozess abgeschlossen und an die Karte hatte ich nicht mehr gedacht.

Ich ärgerte mich, dass ich so unaufmerksam gewesen war. Wo war ich nur mit meinen Gedanken zu diesem Zeitpunkt? Jetzt mussten wir schnell handeln. Wir bezahlten mit dem Bargeld, sagten dem tollen Anblick schnell auf Wiedersehen und gingen flotten Schrittes in unser Hotel. Ich drückte uns die Daumen, dass die Karte einfach vom

14

Automaten geschluckt wurde und kein weiteres Unheil passiert war. Ich wählte mich in das Online Banking ein und konnte zum Glück keinen Schaden feststellen. Es sah so aus als, ob nichts weiter geschehen war und sich niemand anderes bei uns im Konto bedient hatte. Mir fiel ein Stein, ein großer Stein vom Herzen und ich sperrte meine neue schwarze Designerkreditkarte auf der Stelle.

Am nächsten Morgen überprüfte ich noch einmal das Online Banking doch der Kontostand war immer noch derselbe. Es war also alles gut gegangen. Für die weitere Reise hatten wir noch eine zweite Kreditkarte, auf die wir von da an sehr gut aufpassten.

Ich fragte mich im Laufe der nächsten Tage, warum mir das passiert war. Es gab aus meiner Sicht erst einmal keinen Grund für diese Geschichte. Ich fand keine Antwort auf den ersten Blick. Doch auf den zweiten Blick und mit Hilfe einer Nachricht, die ich erhalten hatte, konnte ich die Frage nach dem Grund klären. Und damit beginnt unsere zweite Geschichte.

Kapitel 2 – Wat Pho und die richtige Antwort

Am nächsten Morgen fühlten wir uns ein wenig erholt und gleichzeitig noch lange nicht angekommen. Mit einem Mordshunger machten wir uns auf die Suche nach einem Frühstück. Gleich nebenan war ein gehobenes Hotel mit einer klimatisierten Hotelhalle. „Lass uns doch hier reingehen", sagte meine Frau. „Hier?! Das ist doch ein Hotel", antwortete ich und erkannte sofort, dass ich noch in unserer vorsichtigen deutschen Art war. „Wieso eigentlich nicht", dachte ich bei mir und korrigierte meine Antwort. Wir fragten an der Rezeption nach und die Dame stimmte unserem Vorhaben sofort zu. „You can take the lift and go up to 4th floor. One floor more there is the restaurant". „Cool", antwortete ich und wir machten uns auf den Weg nach oben.

Auch hier erwartete uns, wie gestern Abend, eine super schöne Dachterrasse mit einem leckeren Frühstück. Wir waren sehr dankbar darüber. Nach einem guten Kaffee erwachten langsam die Lebensgeister in uns und wir machten uns Gedanken, wie unser Tag aussehen könnte. Der liegende Buddha oder Wat Pho ist ein sehr besonderer und berührender Ort in der Altstadt von Bangkok. In der Beschreibung steht, dass es ein königlicher Tempel der ersten Klasse ist – was immer das auch bedeuten mag. Ich glaube, es ist auch einer der bekanntesten buddhistischsten Tempel in ganz Thailand. Nebenbei gesagt, gibt es hier auch die berühmteste Massageschule von Thailand.

In der Hauptsaison, in der wir auch unterwegs waren, ist verständlicherweise bei diesen Sehenswürdigkeiten richtig viel los. Aus diesem Grund wollten wir rechtzeitig losgehen, was uns allerdings nicht ganz gelang. Es wurde später Vormittag bis wir starteten. Meine Frau kleidete sich entsprechend und ich nahm mir ein Tuch mit, dass ich mir dann über die Beine binden konnte. Es war mir einfach zu heiß in einer langen Jeans durch Bangkok zu laufen, und eine lange Leinenhose hatte ich mir noch nicht gekauft. An der Kasse bildete sich bereits eine Schlange von Menschen. Es waren sehr viel Asiaten an diesem Vormittag unterwegs. Ich vermutete mal es waren sehr viele Chinesen darunter und gleichzeitig konnte ich es nur an den Verhaltensweisen der Menschen festmachen, woher sie stammen könnten. Aus meiner Erfahrung sind Japaner sehr fein gekleidet, haben feine Gesichtszüge und verhalten sich zurückhaltend und zuvorkommend. Taiwanesen sind mehr europäisch und haben ein runderes Gesicht. Sie sind aufgeschlossen und doch auch höflich. Chinesen dagegen haben gelernt sich durchzusetzen und dementsprechend verhalten sie sich auch. Sie sind für meine Ohren laut, drängeln sich vor und scheuen auch keinen Körperkontakt. Teilweise sind sie sehr schrill gekleidet, anders als Japaner. Japaner wirken stylisch und mit Geschmack gekleidet auf mich.

Chinesen sind wohl auch gerne in großen Reisegruppen unterwegs. Und heute Vormittag waren gefühlt sehr viele davon auf Besichtigungstour. Allerdings war zu diesem Zeitpunkt meine Toleranzschwelle auch deutlich tiefer als sonst. Ich war noch müde vom Flug. Das warme und feuchte Wetter fühlte sich sehr ungewohnt an und die schlechte Luft in Bangkok tat ihr übriges. Auf dem Weg zum Wat Pho hatten wir viele Menschen mit Atemmasken im Gesicht gesehen und waren überrascht. Diesen Anblick kannte ich von meinem Besuch von Bangkok vor etwa 10 Jahren. In der Zwischenzeit wurde viel für den Verkehr getan. Gleichzeitig war die Wetterlage in den Tagen sehr ungünstig. Die Luft stand praktisch über Bangkok, es gab kein Lüftchen und der Schmutz konnte nicht weiterziehen. Es störte mich heute Morgen mehr als sonst.

Kurz vor der Kasse band ich mein Badetuch um die Hüften, damit die Knie bedeckt waren und ich den notwendigen Respekt gegenüber Buddha und der Religion zeigte. Das fiel hier auch nicht weiter auf, da Männer wie Frauen Röcke trugen, bunt und anders gekleidet waren, als bei uns. Letztendlich ging es nur darum, dass wir unseren Respekt zeigten und unsere Knie und Schultern bedeckt hielten.

Die Menschen drängten sich an den Tempeln und den Statuen vorbei, machten Fotos von allem was sich zeigte und für Aufmerksamkeit sorgte. Bei mir kam so gar keine berührte und „holy" Stimmung auf. Es war mir einfach viel zu viel los.

Auch die Andersartigkeit der vielen Menschen lenkte mich ab und mein Geist war ständig am Beobachten und am Beurteilen. „Was trägt denn der da, wie sieht denn die da aus?" Fragen über Fragen, Gedanken über Gedanken beschäftigten meinen unruhigen Geist. Er kam überhaupt nicht zu Ruhe.

Am stärksten fiel mir dabei die ständige Benutzung der Handys auf. Viele Menschen saßen einfach nur hier herum und starrten in ihr Handy, tippten etwas ein, machten ein Foto, um dieses dann gleich wieder der großen digitalen Welt zu zeigen. Sie hatten kaum einen Blick für die Schönheit der Anlage. Für mich waren gefühlt fast alle

Menschen im Außen und in der Selbstdarstellung. Sie wollten zeigen, wie toll sie waren und was sie alles gerade erlebten. Jetzt im Rückblick beim Schreiben wurde mir bewusst, dass es ein hervorragender Spiegel für meine Situation war. Denn alles was mich bei Anderen aufregte und störte, ist auch ein Hinweis für mich, auf was ich gerade meine Aufmerksamkeit lenkte und was mich bei mir gerade selber störte. Während ich in der Beobachtung der Menschen und deren Verhalten war, war mir diese spiegelnde Funktion noch nicht klar. Es hätte sicher zu einer Beruhigung meines Geistes geführt.

Grundsätzlich ist es ja so, wenn ich eine Bewertung in das Verhalten der Anderen lege, lenke ich meine eigene Aufmerksamkeit darauf und bewerte mein Verhalten und störe mich daran. Denn ich weiß in den einzelnen Situationen gar nicht warum Andere etwas tun und bewerte somit etwas, über das ich nichts weiß. Mit dem Wissen darüber kann ich in anderen Situationen über mich selber schmunzeln und meine Emotionen wieder beruhigen.

Wir machten uns auf den vorgeschlagenen Rundweg. Grundsätzlich gab es auf diesem Tempelgelände die größte Anzahl an Buddha Bildnissen und für mich gefühlt auch die größte Anzahl an Buddha Statuen. Es gab so viel unterschiedliche Handhaltungen, Gesichtsausdrücke, Kopfbedeckungen, Größen und Farben, dass ich mir das alles gar nicht merken konnte. Und dann ist da noch die größte Statue: der liegende Buddha mit 46 Meter Länge. Der Anblick war atemberaubend. Das umwerfende Gefühl der goldenen Statue des „Erleuchteten" gegenüber zu stehen, ist schwierig in Worte zu fassen. Und noch schwieriger war es den Anblick in ein Foto zu fassen, da die Statue dafür einfach zu groß war. Für mich war der Anblick Gänsehaut pur und ich ließ es einfach auf mich wirken. An der einen oder anderen Ecke gab es für mich eine Möglichkeit die Größe in etwa zu erfassen. Doch wirklich gelang es mir nicht, dazu ist auch die wirkliche Größe unschätzbar.

Während ich die Figur bestaunte, hörte ich nebenbei das Klingeln von Münzen, die in Kupferbecher geworfen wurden. Entlang der Rückseite der Statue gab es 108 Kupferbecher, die an der Wand aufgestellt waren. Die Gläubigen konnten hier ihre Scheine in 1 Baht Münzen umtauschen und diese dann jeder in seinem Tempo und in der gewünschten Menge mit einem lauten „KLING" in die Kupferbecher hineinwerfen. Es waren unterschiedliche Geräusche von jedem Gläubigen zu vernehmen. Der eine legte sanft die Münzen in die Becher und der andere warf diese mit einem lauten Getöse hinein.
Klar tauschten wir beide auch Münzen und jeder von uns warf mit Bedacht und Aufmerksamkeit seine Münzen in die Becher.

Ich war ein wenig in Gedanken versunken und dachte noch an das Ereignis von gestern mit der verlorenen Kreditkarte. Plötzlich hatte ich ein warmes und wohliges Gefühl und eine Antwort formte sich in mir. „Für dich ist gesorgt, du brauchst Dir keine weiteren Sorgen machen". Ich hatte eine innere Stimme, die mir dies sagte, klar und deutlich. Ich wusste im ersten Moment gar nicht, was damit gemeint war und ob ich es mir nicht einfach nur eingebildet hatte. Doch die Stimme war so klar und deutlich und das Gefühl von Geborgenheit machte sich in mir breit. Mit einem wohligen Gefühl nahm ich die Botschaft in mir auf und warf die restlichen Münzen großzügig in die Becher. Am Ausgang des Tempels wartete meine Frau. Vorsichtig nahm ich sie in den Arm, es war auf dem heiligen Boden nicht gerne gesehen und schob sie nach draußen. Aufgeregt erzählte ich ihr, was mir gerade passiert war und das ich hier meine Antwort auf die Frage

22

nach dem „Warum" bekommen hatte. Es war ein Gänsehaut-Gefühl, das mich mit viel Demut und Dankbarkeit erfüllte. Ich hatte eine Antwort bekommen, ganz anders als ich gedacht hatte und gleichzeitig erfüllte mich diese mit dem Gefühl von positiver Energie.

Kapitel 3 – 10 Unterschiede, die mir sofort einfallen

Aufmerksamen Beobachtern wie ich auch einer bin, fallen sofort Unterschiede im täglichen Leben der Thais auf. Für mich war es auf den ersten Blick eine sehr unterschiedliche Lebensweise. Klar mögen Thais auch bekannte Klamottenlabels und amerikanischen Brands. In den großen Shopping Malls von Bangkok sind die Geschäfte überall vertreten und die Menschen scheinen sich zu wünschen, sich diese Sachen leisten zu können. Allerdings war mir auch aufgefallen, dass es viele Menschen gab, die sich die Wünsche mittlerweile auch erfüllten. Doch zu den mir aufgefallenen Andersartigkeit war da einmal die unterschiedliche Denkweise im Allgemeinen. Während wir uns den Kopf zerbrachen, wie wir in Zukunft dies und das machen, wir an die Besprechung nächste Woche, an Termine und Aufgaben in den nächsten Tagen denken, sind solche Gedanken einem Thai scheinbar völlig fremd. Ich kann hier nur meine Beobachtungen schildern. Thais lebten im Augenblick. Die aktuelle Stunde schien die wichtigste zu sein und dazu liebten sie ihren Spaß. Da war kein Platz für Zukunftsgedanken, geschweige denn für das vorausschauende Denken an mögliche auftretende Probleme. Das hatte ich zum Einen im achtlosen

Umgang mit der Natur beobachtet. Müll wurde einfach weggeworfen, ohne große Rücksicht. Auf der anderen Seite besaßen sie die Fähigkeit aus scheinbar völlig wertlosem etwas Neues zu erschaffen. Dazu zählten auch die vielen kleinen Handwerkbetriebe und Einzelhändler mit ihrem bunten Sortiment. Jeder schien etwas zu verkaufen oder anzubieten. Die Ideen der Menschen hier waren grenzenlos und auch die Kreativität aus Abfall wieder etwas Neues zu erschaffen gefiel mir. Ich hoffte, dass dies noch lange so erhalten bleibt.

Es sind Besonderheiten, die ich von meinem Leben in Deutschland so nicht kannte. Für uns war es selbstverständlich, dass wir kaputte Dinge durch Neue ersetzten. Es war schwierig jemanden zu finden der Elektrogeräte reparierte oder Schuhe wieder nähte. Wir kauften uns diese neu und die alten Sachen verschwanden entweder auf dem Müll oder in Sammelbehälter für Arme in fernen Ländern.

Ein weiteres Beispiel war der Umgang mit der Luftverschmutzung. Ich war es gewöhnt in Deutschland meist frische Luft zum Atmen zu haben. Wenn bestimmte Grenzwerte überschritten wurden, führte das zu ewigen Diskussionen und teilweise auch zum Ausschluss von Fahrzeugen in Ballungsgebieten. Ganz anders in Bangkok. Hier hatten Südkoreaner und Japaner ihre alten Autos hin verkauft, da sie die Belastung nicht weiter ertragen wollten. Es gibt Tausende von diesen alten Autos. Dazu kamen gefühlte 10.000.000 kleine stinkende Motorräder, die auf den Straßen unterwegs waren. Das machte aus der Luft in Bangkok einen ungesunden Mix für alle. Am schlimmsten war es, wenn der Wind ausblieb. Dann setzte sich der Smog richtig fest. So war die Luft in Bangkok an manchen Tagen dick, stinkig und ungesund. Das Atmen fiel sehr schwer, gefühlt war kaum Sauerstoff noch in der Luft. Dazwischen gab es jedoch Vogelgezwitscher. Und das war etwas, was mich vollkommen verblüffte. Die Vögel konnten sich einen anderen Lebensraum suchen und doch blieben sie da.

Jetzt könnten die Menschen Anstrengungen unternehmen und gemeinsam etwas für eine gesunde Umwelt tun. Stattdessen behielten die meisten Menschen in Bangkok ihre Gewohnheiten bei und verwendeten einfach einen Mundschutz. War

26

sicher eine einfache und schnelle Lösung. Gleichzeitig lebte Thailand viel vom Tourismus. Und da stellte ich mir schon die Frage, wann die Touristen in Zukunft ausblieben, wenn die Umgebung ungesund blieb.

Außerdem sah es schon sehr befremdlich für mich aus, wenn überall Menschen mit weißem und farbigem Mundschutz, der ¾ des Gesichts bedeckte, herumliefen. Es waren nur noch die Augen zu erkennen und für mich, der doch sehr auf die Mimik der Mitmenschen achtete, fehlte eine ganze Menge an Informationen.

Nur offensichtlich war es ihre Antwort auf die schlechte Luft.

Eines Morgens machten wir uns auf den Weg zur Metrostation. Wir hatten nicht besonders weit zu gehen, da unsere Unterkunft sehr zentral lag. Wir wollten gerade die Brücke überqueren, als wir Menschen in einer Schlange auf dem Bürgersteig stehen sahen. Es waren ungefähr 15 Menschen, die hintereinanderstanden und auf irgendetwas warteten. Wir konnten nicht erkennen, was es sein könnte. Nebenan war ein Brett mit Schildern auf denen Nummern standen. Die ersten Stellen auf dem Nummernbrett waren leer. Plötzlich bog ein Moped mit einem vermummten Fahrer um die Ecke, fuhr auf den Bürgersteig und hielt exakt am Anfang der Schlange. Und da fiel uns auf, auf was die Menschen hier warteten. Da die Luft schlecht, die Temperatur auch schon gut hoch und die

Menschen auf dem Weg zur Arbeit oder in die Schule waren, ließen sie sich mit dem Moped-Taxi direkt dahinfahren, um nicht laufen zu müssen. Eine einfache und clevere Lösung, die allerdings zu einer weiteren Luftverschmutzung führte.

Auf dem Weg zu ihrer Arbeit besorgten sich die Thais noch etwas zu essen und zu trinken. Das Angebot an Speisen, die auf der Straße zubereitet wurden, war unerschöpflich. Es gab Spieße mit Gemüse, Fleisch und Dingen, die wir nicht alle erkennen konnten. In Woks wurden duftende Essen angerührt. Süßspeisen in allen Farben und Geschmacksrichtungen wurden zubereitet. Kleingeschnittenes Obst und Säfte lachte uns an. Und alles wurde zuerst in eine Plastiktüte oder einen Plastikbehälter eingepackt, um dann für den Transport in eine noch größere Plastiktüte eingepackt zu werden. Alle schnappten sich die kleinen und großen Plastiktüten, nahmen dazu noch einen Plastikhalm oder ein Plastikbesteck mit und verschwanden in ihren hohen Bürogebäuden. Es schien, als ob niemand mehr selber kochte und jeden Tag sein Essen auf der Straße kaufte und dann in Tüten mit ins Büro nahm. Jetzt stellte sich mir die Frage, was die Thais mit dem vielen Plastikmüll machten. Wurde dieser im Büro sortiert und recycelt oder landete der Müll einfach achtlos auf der Straße oder in irgendwelchen Müllkippen. Nach meiner Beobachtung warfen viele den Müll auf die Straßen oder in die Flüsse. Hier schwammen Berge an Müll herum und jedes Mal, wenn ein Khlong Saen Saep Kanalboot vorbeidüste, wurde der Müll aufgescheucht und an eine andere Ecke des Flusses transportiert. Der Müll wurde auch einfach in kleinen Mengen verbrannt. Außerhalb von Bangkok sammelten die Thais den Müll ein, hoben eine kleine Grube aus und warfen hier alles hinein. Da kamen Blätter, Äste, Plastik, Essensreste und alles Mögliche zusammen und der Rauch war dementsprechend ätzend in der Nase. Wir hatten uns angewohnt bei jeder Gelegenheit zu sagen, dass wir kein Plastik haben wollten. Wir brachten unsere eigene Tasche mit, hatten Besteck dabei und verneinten die Frage nach dem Plastikhalm. Es war unsere Art achtsamer mit dem Thema umzugehen. Manches Mal ernteten wir ein zustimmendes Kopfnicken, manches Mal auch ein fragendes Gesicht. Aus meiner Sicht kann jeder in seinem Umfeld dafür sorgen, die Plastiktüten entweder immer wieder herzunehmen oder sich zum Beispiel eine Plastikdose im 20 Baht-Shop zu kaufen. Auch hier waren die Thais einfach anders als wir und ich hatte mit Interesse den Unterschied wahrgenommen.

Einen weiteren gravierenden Unterschied gab es unter der Erde; naja also ein Stückchen unter Erde. Vor den Türen an den Bahnsteigen der Metro waren Schleusen aus Glas angebracht, so dass niemand das Gleis betreten konnte. Erst wenn die

Bahn vollständig zum Stehen kam, öffneten sich die mannshohen Glastüren und die Menschen strömten aus der Bahn. Rechts und links von den sich öffnenden Türen waren gelbe Pfeile auf dem Boden eingezeichnet, damit die Menschen wussten, wo sie sich anzustellen hatten. In der Mitte der beiden gelben Pfeile zeigte ein grüner Pfeil in die andere Richtung. Dieser signalisierte die Richtung für die herauskommenden Passagiere. Und tatsächlich, ich hatte es nicht für möglich gehalten, stellten sich die Bangkoker hier in einer Schlange vor den Glastüren auf. Es bildeten sich rechts und links lange Schlangen von Menschen, die geduldig warteten, um in den Zug einsteigen zu können. Sobald der letzte Passagier ausgestiegen war, strömten die Menschen sehr gesittet, einer nach dem anderen in die U-Bahn. Es gab keine Hektik und kein großes Gedränge. Wenn die Menschen bemerkten, dass es zu wenig Platz in der U-Bahn gab, gingen sie zurück zu ihrem Platz in der Schlange und warteten auf die nächste Bahn. Drinnen angekommen traf mich jedes Mal der Kälteschock. Von einer gefühlten Außentemperatur von 35° Grad und mehr, hinein in 10° Grad. Mein Körpersystem erschrak jedes Mal gewaltig und kämpfte innerlich gegen die Kälte. Ich hatte mir auch angewöhnt einen leichten Pullover mitzunehmen, um mir diesen umzuwerfen. Die Düsen der Klimaanlage bliesen unerbittlich jedem ins Gesicht. Durch meine Größe bekam ich noch mehr davon ab. Die durchschnittliche Größe der Thailänder war deutlich kleiner als ich es war. So konnte ich entspannt über viele Köpfe hinwegsehen und aufmerksam verfolgen, was in der Bahn so vor sich ging.

Die Menschen in den mega-überfüllten Bahnen zuckten sehr oft zurück, wenn sie mich leicht am Arm berührten. Dies ließ sich oft gar nicht vermeiden, da der Platz nicht für alle ausreichte. Dennoch war die Berührung, auch wenn sie unabsichtlich geschah, beunruhigend für die Menschen. Sie versuchten nervös Platz zu halten, obwohl das in der Enge der Bahn gar nicht ging. Es war wohl unschicklich Fremde zu berühren. Ich wusste, dass ich auf gar keinen Fall den Kopf oder die Haare berühren sollte. Dem buddhistischem Glauben nach ist der Kopf der Sitz der Seele und damit heilig. Auf alle Fälle entschuldigte ich mich bei den Menschen, die ich versehentlich berührte und bekam dafür ein Lächeln zurück. War wohl die richtige Geste.

Nach dem Aussteigen begann für uns das „Spiel ohne Grenzen". Zumindest nannte ich es so für mich. Alle gingen sehr gesittet zu den Rolltreppen, niemand benutzte die Treppen. Warum auch? War einfach zu heiß. Oben angekommen warteten die Ausgangsautomaten auf uns. Wir benutzten beim Reingehen einen Jeton, der entwertet wurde. Diesen mussten wir beim Rausgehen auch wieder abgeben. Besonders in der Früh bildeten sich vor den Drehkreuzen lange Schlangen. Wir beobachteten, wer wo in der Schlange stand und entschieden uns dann für eine der 4 Warteschlangen. Je nachdem wie viele Menschen nach Jetons aussahen, vermuteten wir, dass wir hier am längsten warten würden. Die Menschen, die die Bahn regelmäßig nutzen, hatten eine Chipkarte zum Abbuchen. Und der Vorgang des Abbuchens ging deutlich schneller als das Einwerfen des Jetons. Also machten wir uns den Spaß und versuchten herauszufinden, wo es wohl am schnellsten gehen würde. Manchmal hatten wir die richtige Wahl getroffen und manchmal lagen wir auch ganz schön daneben.

Auf unserem Weg von der U-Bahn-Station wurden wir manchmal von gut gekleideten Herren angesprochen. Besonders auffallend war, das dies in der Altstadt und in der Nähe von sehr gut besuchten Sehenswürdigkeiten stattfand. Diese Herren sprachen uns an, meist mit einer höflichen Verbeugung, trugen Hemden und gutsitzenden Stoffhosen und wollten von uns wissen, wie es uns heute denn ginge. Gut erzogen antworteten wir auch, und schon waren wir in ein Gespräch verwickelt. Wo geht es denn heute hin? oder suchen Sie Hilfe? waren die nächsten Fragen. In dem Moment, in dem wir eine Sehenswürdigkeit beim Namen nannten, wussten die Herren auch gleich etwas zu berichten.

Entweder war heute der Tag des Königs und der Königspalast war ausgerechnet heute geschlossen oder sie wussten, dass es in den letzten Tagen in Chiang Mai sehr kalt war und es dort sogar Schnee gegeben hatte. Nachdem wir diese interessanten Neuigkeiten höflich aufgenommen und gleichzeitig nicht weiter reagiert hatten, verschwanden diese Herren so wie sie gekommen waren, unauffällig und leise. Manchmal sahen wir uns verdutzt an und wussten nichts damit anzufangen Die Kontaktaufnahmen fanden ohne ersichtlichen Grund statt und endeten genauso abrupt. Vielleicht waren diese Herren Teilnehmer einer Verkaufsschulung und übten das Ansprechen von Fremden für spätere Akquise-Erfolge. Nein nein, das war ein Scherz. Sie kamen bei uns nicht an und deswegen verschwanden diese Herren auch so wie sie gekommen waren. Ein bisschen so wie mit den grauen Herren bei Momo.

In Thailand glauben die Menschen, dass jedes Stück Land von mindestens einem Geist bewohnt wird. Und wenn jemand ein Haus bauen möchte, dann nimmt er dem Geist quasi sein Zuhause weg. Aus diesem Grund gibt es die Geisterhäuschen. Die vertriebenen Geister bekommen so ein neues Zuhause. Dies wird schön eingerichtet und so oft wie möglich werden die Geister mit etwas zu essen, zu trinken und Blumen zur Verehrung versorgt.

Der richtige Platz für das Geisterhäuschen ist, wie wir gelernt hatten, gar nicht so leicht zu finden. Zunächst muss der Dorfschamane einen günstigen Platz für das neue Heim des Geistes finden. Dabei gibt es viele Regeln, die er befolgt. So darf zum Beispiel der Schatten des großen Hauses auf keinen Fall auf das Geisterhäuschen fallen. Die Menschen glauben, dass die Geister und die Menschen in zwei ganz verschiedenen Welten leben, die sich gegenseitig nicht stören sollten.

Ganz uneigennützig ist der Aufwand der Familien für das neue Zuhause der Geister jedoch nicht. Als Gegenleistung für so viel Ehre hat der Hausgeist nämlich die Pflicht, die im Haus lebende Familie zu achten und für deren Wohlergehen zu sorgen. Je zufriedener der Geist, desto größer seine Unterstützung. Selbst in einer so hektischen Stadt wie Bangkok stehen an sehr vielen Ecken diese Geisterhäuschen und die Geister werden mit Essen und Trinken versorgt. Besonders gerne haben die Geister zurzeit rote Fanta von Coca-Cola mit einem Plastikhalm. Davon stehen wirklich viele kleine Flaschen vor den Häuschen. Und egal wie wenig Zeit die Menschen haben, für eine Verbeugung, ein Knicks, ein Gebet, ein Innehalten oder ein Wai - dem Gebets massigen Zusammenfalten der Hände vor der Brust – reicht die Zeit immer.

Jeden Tag morgens um 8:00 Uhr und abends um 18:00 Uhr wird im Fernsehen, im Radio und auf

34

allen öffentlichen Plätzen die thailändische Nationalhymne gespielt. Als ich das zum ersten Mal in Chiang Mai mitbekommen hatte, wusste ich gar nicht so genau, was ich damit anfangen sollte. Ich kannte die Melodie der Nationalhymne nicht und wunderte mich nur, warum die Lautsprecher ein Lied laut aussendeten. Mir fiel auf, dass, während die Nationalhymne spielte, die Thais regungslos stehenblieben und ihre angefangene Arbeit sofort unterbrachen. Und das meine ich genauso. Da verhandelten gerade zwei Thailänder miteinander über einen Preis und im Moment, als die Hymne ertönte, blieben beide wie angewurzelt stehen, drehten sich in Richtung Lautsprecher und lauschten der Hymne. Es war ein bizarres Bild wie alle Menschen, wie Wachsfiguren regungslos dastanden, und der Musik lauschten. Sie sangen auch nicht mit, sondern hörten einfach nur zu und vielleicht dankten sie in ihrem Inneren dem König für ein friedliches Leben, was ja durchaus möglich ist, da die königliche Familie in jeder Lebenssituation präsent ist. Sei es auf den Geldscheinen, als Bild oder Statue in den Straßen oder auf überlebensgroßen Figuren. Nachdem die Hymne zu Ende gespielt war, kam Bewegung in die Menschen. So verhandelten die beiden wieder über den zu erzielenden Preis. Ich war bei dem Anblick verwirrt und versucht, mir die gleiche Szene bei uns zuhause vorzustellen. Keine Chance!

Ich sah auch falangs – das ist thailändisch für uns Ausländer - die genauso verfuhren und einfach andächtig stehen blieben. Also blieb auch ich jedes Mal, wenn ich dies erlebte stehen, und zollte der Nationalhymne ihren Respekt. Interessanterweise hatten wir das später auf den Inseln nicht erlebt. So ganz konnte ich mir das nicht erklären. Vielleicht hat es mit dem starken touristischen Einfluss zu tun und die Thais auf den Inseln hatten sich von der einen oder anderen Tradition schon verabschiedet.

Eines Mittags begaben wir uns in ein großes Einkaufszentrum. In diesen Zentren gibt es auch sogenannte „foodmarkets". Dies sind viele unterschiedliche Anbieter von thailändischem Essen. Aufgeteilt in verschiedene Kategorien konnten wir uns hier nach Lust und Laune das für uns passende heraussuchen. Zur Mittagszeit war viel los, da alle hier ihre Pause verbrachten. Wir wählten aus dem reichhaltigen Angebot aus, bezahlten an der zentralen Kasse und machten uns auf den Weg einen Sitzplatz zu finden. Es gab viele kleine Tischchen mit Stühlen, doch irgendwie saßen da gar nicht so viele Menschen. Was war denn hier los. Bei genauerem Hinsehen sahen wir Taschen, Tüten, Handys und weitere persönliche Gegenstände auf den Tischen, die als Platzhalter dienten. Teilweise saß auch nur eine Person am Tisch, so dass wir uns dachten, dass wir uns dazusetzen könnten. Doch jedes Mal, wenn wir höflich fragten, wurde unsere Bitte abgelehnt. Es war nicht üblich, dass sich Menschen, die sich nicht kannten, einen Tisch teilten. Da kam uns unsere Methode der Handtuch-Reservierung bei Liegestühlen in den Sinn und wir mussten schmunzeln. Fast das gleiche Verhalten, wie wir dachten.

Kapitel 4 – Die Überschwemmung nachts um 11 Uhr

Wieso hatten die beiden Koreanerinnen nichts gesagt oder selber aufgewischt? Das zumindest hatten wir uns im Nachhinein immer wieder gefragt. Vielleicht lag es an ihrer Sichtweise der Dinge. Aber zuerst der Reihe nach.

Wir waren nach unseren ersten Tagen in Bangkok in ein anderes Viertel umgezogen, da es von hier aus näher bis zur Sprachenschule war. 7 Tage Schulbankdrücken hatten wir uns vorgenommen. Nach den ersten Tagen wollten wir unsere Wäsche waschen und nutzen dazu die angebotene Waschmaschine, die sich ein Stockwerk weiter oben befand. Die Treppen und auch die Gänge von diesem Haus waren sehr kahl, einfach nur verputzt und ohne Treppengeländer. Wir brachten unsere Wäsche nach oben und meine Frau experimentierte mit der ihr unbekannten Waschmaschine. Es war ein amerikanisches Modell, ein Topplader, der anders funktionierte, als wir es kannten. Sie stopfte die Wäsche hin, fügte das Waschmittel dazu und startete irgendwie den Waschvorgang. Allerdings ließ sich die Maschine nicht so ohne weiteres davon überzeugen und tat erst einmal gar nichts.

Schließlich fanden wir einen Wasserhahn, um den Wasserzulauf zu öffnen. Mit etwas List überzeugten wir die Maschine für uns zu arbeiten. Sie pumpte Wasser in das Innere und begann zu laufen. „Okay, klappt", dachten wir und gingen ein Stockwerk nach unten. Nach einigen Minuten wurde meine Frau unruhig und ging noch einmal nach oben. Sie kam herunter zu mir und sagte nur, „ich glaube, da stimmt was nicht. Das Wasser läuft immer noch in die Trommel und stoppt nicht". „Ach das passt bestimmt, ist ja eine große Maschine", antwortete ich gelassen und blieb sitzen. Doch ich konnte durch das Treppenhaus hören, dass das Wasser weiterlief. Irgendwann, ich weiß gar nicht mehr wieviel Zeit vergangen war, schwang ich mich vom Sofa auf und sah einmal nach. Ich traute meinen Augen nicht. Rund um die Maschine stand das Wasser auf dem Fußboden. Es sah aus wie ein See, also mehr wie ein riesengroßer See. Und bei genauerem Hinsehen erkannte ich, dass das Wasser sich bereits einen Weg in die Nachbarwohnung gebahnt hatte. „Ohje!" Unter der Wohnungstür war das Wasser hineingelaufen. Wir hörten aus der Wohnung leise ausländische Stimmen, alles sehr unaufgeregt. Ich klopfte vorsichtig an die Tür und sofort erschien das Gesicht einer jungen Frau und dann das Gesicht einer zweiten Frau. Sie sahen etwas verzweifelt auf das Wasser in ihrem Zimmer. Dort hatte sich das Wasser schon einen Weg unter das Bett gebahnt und war auf dem Weg in die Küche. Sie sagten uns, dass sie mit der Vermieterin telefoniert hätten und ihr die Situation geschildert hätten. Was sie allerdings nicht getan hatten, war ein Handtuch in die Hand zu nehmen und das Wasser einfach aufzuwischen. Wir liefen kurzerhand in unsere Wohnung, holten unsere Handtücher und machten uns an die Arbeit. Mit Hilfe der Handtücher saugten wir das Wasser in der Wohnung der Koreanerinnen auf. Zwischenzeitlich hatten wir es auch geschafft, die Maschine zu stoppen. Wir hoben das Bett an und wischten die Feuchtigkeit auf. Es war ziemlich einfach die Wohnung wieder trockenzulegen, da die Wohnung einen Balkon hatte und es draußen sehr warm war. Wir wrangen die Handtücher einfach auf dem Balkon aus und konnten so die kleine Katastrophe schnell beseitigen. Anschließend riefen wir die Vermieterin an und erklärten ihr, dass alles wieder fein war. Sie wollte sich am nächsten Tag selber ein Bild davon machen. Der nackte Betonboden hatte keinen weiteren Schaden genommen und die beiden Frauen konnten trockenen Fußes in ihr Bett steigen. Wir verabschiedeten uns von ihnen, entschuldigten uns für das Vorkommnis und gingen erleichtert in unsere Wohnung.

Kapitel 5 – Ein Vergleich zwischen dem Olympiaturm und dem Mahanakhon

Geht das überhaupt, hatte ich mich bei dem Titel gefragt? Nur als Münchner darf ich schon einen Vergleich zwischen dem höchsten Gebäude in meiner Heimat und dem derzeit höchsten Gebäude in Bangkok anstellen. Wir hatten den Mahanakhon schon immer wieder von weitem gesehen. Die Fassade ist sehr eigentümlich und weithin sichtbar. Mit 313 Meter und 77 Etagen ist es das höchste Gebäude in Bangkok.

Der Olympiaturm ist mit 291 Meter inklusive seiner Antennen nur ein klein wenig niedriger und neben vielen anderen Gebäuden ein Wahrzeichen von München. 1964 beschloss der Münchner Stadtrat den Bau eines Fernsehturms, um die Sendeleistung der Rundfunk- und Fernsehprogramme zu verbessern. Ein Jahr später, als München zum Veranstaltungsort der Olympischen Spiele 1972 gewählt wurde, entschied man den Fernsehturm in die Olympiagelände-Planung einzufügen. Für die Öffentlichkeit nicht zugänglich, führt innerhalb des Turmes eine Treppe mit 1230 Stufen nach oben. Die schier endlose Treppe konnten Sportler in der Vergangenheit beim Münchner Olympia-

turmlauf bezwingen. Oben befindet sich ein Dreh-
restaurant, in dem man sehr gut speisen kann. Innerhalb einer Stunde dreht sich das gesamte Restaurant einmal um die ganze Runde. Darüber be-
finden sich zwei Aussichtsplattformen, die besonders bei Föhn einen tollen Blick über München
und die Alpenkette bietet.

Schon unsere Anfahrt zum Mahanakhon war sehr
interessant. Wir standen am Straßenrand im Business Distrikt von Bangkok und streckten unseren
Arm hinaus, um ein Taxi zu bekommen. Es hielten
immer wieder Taxis an. Es war wie immer viel
Verkehr und die Autos dahinter stauten sich sofort.
Deshalb beschlossen wir einfach einzusteigen. In-
nen erklärten wir unser Fahrziel und uns wurde ein
utopischer Preis genannt. Wir baten den Fahrer
doch das Taxameter einzuschalten, doch der Fahrer weigerte sich. Also sprangen wir bei der nächsten Gelegenheit wieder heraus und versuchten
weiter unser Glück. Doch entweder wollten uns
die Fahrer nicht verstehen oder die Preise wichen
weit von unseren Vorstellungen ab. Wir waren etwas ratlos. Doch dann hielt ein VIP Taxi an und
der Fahrer sprach ein gepflegtes Englisch. Er erklärte uns, dass er ein besonderes Taxi sei und dass
der Startpreis 150 Baht sei. Gleichzeitig nickte er
bei der Frage nach dem Taxameter und wir beschlossen uns in den Ledersitzen zurückzulehnen.
Die Fahrt ging aufgrund des Staus sehr langsam

voran und letztendlich wären wir zu Fuß wahrscheinlich schneller gewesen.

Beim Mahanakhon angekommen sahen wir, dass die gesamte Fassade mit Würfeln verspiegelt ist. Zwischendurch fehlten immer wieder Würfel, so dass die Fassade sehr utopisch wirkt. An manchen Ecken sah es so aus, als ob der Turm an der Seite von einem riesigen Dinosaurier angeknabbert wurde. Am Fuße des monströsen Gebäudes war die Kasse und wir bezahlten für die Auffahrt. Der Zugang zum Lift war in einem spannenden blauschwarzen Licht gehalten und viele Angestellte begrüßten uns auf dem Weg zum Lift mit einem freundlichen „Sawadi krab". Der Lift katapultierte uns innerhalb von gefühlten 5 Sekunden auf das oberste Niveau. Im 75.Stockwerk angekommen, sahen wir den 360° Grad verglasten Panoramaview. Wir waren überwältigt von dem Ausblick über all die Gebäude, den Blick über den chao prayer river und auch den vielen Schmutz, der in der Bangkoker Luft lag. Wir genossen den Anblick und rätselten, welches Gebäude wo stand. Zwischendurch hingen in dem Stockwerk lauter aufgeblasene oder mit Helium gefüllte Luftballonherzen. Diese waren für den nächsten Tag, den Valentinstag vorbereitet worden. Hier gab es wohl eine größere Veranstaltung.

Jetzt gab es noch eine breite Rundtreppe, die uns in den 78.Stock führte. Und hier oben war der Blick noch fantastischer. Eine Brüstung schützte uns vorm Abstürzen. Ansonsten konnten wir hier unter freiem Himmel noch mehr erkennen und bestaunen. Da gab es jede Menge Hubschrauberlandeplätze, Schwimmbäder auf den Hochhäusern und schön angelegte Gärten in schwindelnder Höhe. Ein Ausblick mit Gänsehaut. Doch das eigentliche Gänsehautfeeling sollte ja noch kommen. Es gab eine Glasplattform von der ich hinunter, bis auf den Boden sehen konnte. Das heißt, die Glasplattform war außen am Gebäude angebracht und darunter war quasi nichts mehr.

Wir mussten unsere Schuhe mit Stoffüberzieher bedecken und die Handys ablegen. War wohl eine Vorsichtsmaßnahme, damit dem Glas keinen Schaden zugefügt werden konnte. Da ich zwar in meinem Inneren ein Abenteurer bin und gleichzeitig vor einer solchen Plattform großen Respekt habe, zögerte ich einen Moment bis ich mich darauf wagte. Ich wendete einen Trick aus dem NLP an und sang ein wenig vor mich hin. Somit konnte mein Gehirn keinen angsteinflößenden Film abspielen und wurde durch den Gesang gestört. Dies hatte schon bei anderen Gelegenheiten funktioniert und hier klappte es auch sehr gut. Gleichzeitig war es schon ein sehr kribbelndes und aufregendes Gefühl auf dem Glas zu stehen. Es gab andere Touristen, die sich wohl weniger Gedanken machten. Diese legten sich mit ihrem ganzen Körper auf das Glas und ließen sich so von außen fotografieren. „Sehr mutig" dachte ich bei mir und war froh, dass ich mich auf dieses Abenteuer eingelassen hatte.

Erleichtert gönnten wir uns noch einen Drink an der Skybar und die Eindrücke wanderten noch einmal durch unser Gespräch.

So ist für mich im Vergleich der Mahanakhon noch einmal viel aufregender als der Olympiaturm. Gleichzeitig ist der Ausblick bei guter Sicht vom Olympiaturm aus meiner Perspektive noch ein wenig spektakulärer. Deswegen sollte sich jeder ein eigenes Bild von diesen beiden beeindruckenden Gebäuden machen.

Kapitel 6 – Schwimmen im Lumpini Park in Bangkok

Andere Länder und manchmal ganz andere Sitten. Doch eins nach dem anderen. In Bangkok gibt es auch so etwas wie die grüne Lunge in Form von verschiedenen Parks. Einer dieser wunderschönen Parks liegt sehr zentral gelegen und ist der Lumpini Park. In der Beschreibung hatten wir gelesen, dass es sogar der größte Park im Zentrum von Bangkok ist. Mit der Metro ist dieser sehr leicht zu erreichen. An der gleichnamigen Station stiegen wir aus, schauten uns kurz um und erkannten unser Ziel. Die freundlichen Thais deuteten uns auch schon die Richtung, in die wir zu gehen hatten. Offensichtlich kommen hier viele Touristen vorbei und der Park ist ein beliebtes Ausflugsziel. Er bietet einen schönen Kontrast zu dem hektischen Leben in Bangkok. Mit einem Mal ist die ganze Hektik wie abgeschaltet. Es machte sich eine zufriedene Ruhe in uns breit, die wir in vollen Zügen genossen. Wir saugten die Luft tief ein und langsam beruhigte sich unser System. Hier merkten wir welchen Reizen und welcher Atmosphäre wir bei unserem Stadtbesuch ausgesetzt waren. Hier gab es grüne Wiesen, auf denen sich Menschen einfach hinsetzen und für einen Moment innehielten. Im Park entdeckten wir einen kleinen Fluss, in dem es sehr lebendig zuging. Immer wieder zeigte sich ein Stück von einem Tier. Doch wir konnten nicht erkennen, um welches Tier es sich handelte. Wir erahnten, dass es große Tiere sein müssten. Neben uns gesellten sich zwei Thailänder und warfen trockenes Brot in den Fluss. Und da erkannten wir sofort, um welche Tiere es sich handelte. Es waren Warane. Sie entsprechen in ihrem Äußeren einer Echse mit vier Beinen und einem Schwanz und können ganz schön groß werden. Ich finde, sie haben etwas von einem urzeitlichen Tier, dass bis in die heutige Zeit überlebt hat. Ihre Farbe reicht von smaragdgrün bis zu vollkommen schwarz. Sie passen sich sehr gut der Umgebung an und sind somit gut getarnt. Wir blieben eine zeitlang hier stehen und beobachteten das muntere Treiben und den Streit um das Futter. Teilweise wurde mächtig um das trockene Brot gekämpft. Offensichtlich gab es in diesem See nicht ausreichend Nahrung.

Wir schlenderten weiter und fanden einen Trimm-Dich Pfad mit vielen Geräten und einer Laufstrecke, die trotz der Mittagshitze gut besucht war. Teilweise recht flott flitzten die Thais durch den Park. Gerne wäre ich ein Stück mit ihnen gelaufen. Allerdings hatte ich meine Laufschuhe nicht an und wäre wahrscheinlich bei den hohen Temperaturen und der schlechten Luft auch nicht allzu weit gekommen. Auf unserem Weg durch den Park kamen wir auch an einem größeren Gebäude vorbei, dass bei genauerem Hinsehen wie eine

Eingangshalle zu einem Schwimmbad aussah. Ich sah mich um und erkannte hinter dem Zaun tatsächlich ein Schwimmbad. „Wow toll, da ist ein Schwimmbad, da will ich hinein", sagte ich zu meiner Frau. „Wie stellst du dir das denn vor? Wir haben doch gar nichts zum Baden dabei". Doch wer mich kennt, der weiß, dass ich in solchen Situationen sehr lösungsorientiert denken kann. Meine Unterhose würde als Badehose herhalten müssen und das Badetuch organisiere ich mir an der Kasse, so dachte ich bei mir. Schwimmen ist nun mal eine große Leidenschaft von mir. Und hier mitten in Bangkok die Chance zu bekommen, in einem richtigen Schwimmbad ein paar Bahnen zu ziehen, schien mir sehr verlockend. Ich zog meine Frau an der Hand in die Halle hinein und baute mich vor der Kasse auf. Vorsichtig begann ich mein Gespräch auf Thai. Ein paar Wörter hatte ich schon gelernt und ich wusste mit Höflichkeit komme ich in diesem Land viel weiter. Der Kassierer verstand mich und wechselte dann ins Englisch. „Was ich denn wollte?", fragte er mich. Ich erklärte ihm mein Anliegen und er schüttelte nur den Kopf. Das verstand ich gar nicht. „Naja, vielleicht hatte ich mich falsch ausgedrückt und versuchte es mal anders", dachte ich. Dies tat ich auch, doch die Reaktion auf der anderen Seite war die gleiche. „Verstehst du was hier gerade passiert?", fragte ich meine Frau und sah sie an. Sie schüttelte nur den Kopf. Also versuchte ich die

48

Gründe für die Ablehnung zu erfragen und hier bekam ich etwas mehr Auskunft. Der Mann auf der anderen Seite sagte so etwas wie „Clubmitgliedschaft" und „ärztliches Attest". Okay, dass mit der Clubmitgliedschaft machte noch Sinn für mich. Das mit dem ärztlichen Attest verwirrte mich. Leicht genervt, setzte ich dem Mann ein wenig zu und erläuterte ihm, dass ich auf der anderen Seite der Erde Ironman in meinem früheren Leben gewesen bin und sehr wohl auf mich selber aufpassen kann. Einen Bademeister oder so, bräuchte ich nicht. Jetzt so im Nachhinein hatte ich mich ganz schön wichtig gemacht, was mir in dieser Situation gar nicht auffiel. Ich wollte einfach nur Schwimmen gehen und dieses Hindernis in Form des Kassierers überwinden. Ich schilderte ihm, dass ein Ironman eine Schwimmdistanz von 3,8km hat und er sich somit überhaupt keine Gedanken über meine körperliche Verfassung machen bräuchte. Und hier kamen wir langsam zusammen. Er antwortete mir, dass es nicht auf meine körperliche Verfassung ankäme, sondern auf meinen körperlichen Zustand. „Häh!!, was meint er denn?", grübelte ich. Und da hatte meine Frau eine Idee. Vielleicht geht es darum, dass hier die Menschen ansteckende Krankheiten haben und damit ins Wasser gehen. Um zu verhindern, dass sich alle mit dieser Krankheit anstecken, ist es notwendig zu einem Arzt zu gehen und sich eine Gesundheit bestätigen zu lassen. Ich fragte noch einmal skeptisch nach und der Kassierer nickte mit einem breiten Grinsen. "Yes, yes, there is doctor in hospital. You can go there!", gab er zum Besten und zeigte mir, dass für ihn die Angelegenheit erledigt war. Ratlos mit einem Schulterzucken, verließ ich den Counter und die Eingangshalle. „Meinte er das im ernst?", fragte ich meine Frau. „So etwas habe ich ja noch nie gehört".

Und so musste ich mir eingestehen, dass es mit dem Schwimmerlebnis in Bangkok wohl nichts werden wird und es schon wirklich andere Sitten in anderen Ländern gibt.

Kapitel 7 - Gefühlt im Kühlschrank von A nach B

Bangkok hat mittlerweile eine ganze Menge für den Verkehr getan. Es gibt eine Metro und einen Skytrain, der die verschiedenen Stadtgebiete miteinander verbindet. Der Skytrain wurde als erstes gebaut, um den Straßenverkehr der geschätzten 14 Millionen Menschen Metropole ein wenig zu reduzieren. Auf Stützen fährt eine Bahn vom National Stadium über das Ausgehviertel Nana und den Business Distrikt Asok in die östlichen Stadtgebiete. Von außen sind die Züge vollständig mit Werbung dekoriert und wirklich schön und kreativ gestaltet. Von hier aus hatten wir einen guten Blick in die Etagen der Hochhäuser und auf den Verkehr, der unter uns vorbeiströmte. Um zu den Zügen des Skytrains zu kommen, mussten wir erst einmal ein Ticket lösen. Dies gibt es entweder am Automaten oder bei Verkaufsstellen. Für uns war es am Anfang einfacher, die Verkaufsstellen zu nutzen, da wir auch alles erfragen konnten. Die Leute hier sprachen gut Englisch und wir konnten uns verständigen. Wir bekamen eine Plastikkarte, auf der unser Guthaben für eine Fahrt eingespeichert war und hielten diese am Durchgang auf ein entsprechendes Feld. Die kleinen Schranken öffneten sich und wir kamen in das

Gewirr aus Auf- und Abgängen. An manchen Stationen waren hier eine Vielzahl von Treppen, die zu den unterschiedlichsten Ebenen führten. Der Strom der Menschen steuerte immer die Rolltreppe an. Die Treppen hatten wir die meiste Zeit für uns alleine. Dies war der Hitze und der schlechten Luft in Bangkok geschuldet, dass sich die Menschen möglichst wenig bewegten. Die meisten trugen selbst eine Atemmaske im Zug, um sich vor den feinen Staubpartikeln zu schützen. Am jeweiligen Gleis angekommen, reihten wir uns hinten in die Schlange ein und warteten geduldig bis wir einsteigen konnten. Es kam auch vor, dass wir einen oder zwei Züge vorbeifahren lassen mussten, weil wirklich kein Platz war.

Das gleiche Bild bot sich auch bei der Metro. Hiervon gibt es inzwischen 2 Linien in Bangkok und der Ausbau der Stationen geht ständig voran. Es werden immer mehr Viertel erschlossen und bald können Touristen in die Nähe der Altstadt mit der Metro fahren. Eine Bahn über den Chao Praya Fluss gibt es heute schon. Der Skytrain und die Metro sind miteinander verbunden. Allerdings sind es unterschiedliche Betreiber und so lösen wir beim Verlassen der einen Station und dem Wechsel zur anderen Station wieder neu ein Ticket. Bei der Metro gibt es Jetons, die unseren Fahrtpreis gespeichert haben und dafür sorgen, dass sich die Schranken öffnen und wieder schließen. Insgesamt ist die Nutzung der Metro günstiger und das Schienennetz stärker ausgebaut.

Egal bei welchem Betreiber, beim Betreten der Züge traf mich jedes Mal wieder der Schlag. Im Inneren arbeitete die Klimaanlage so stark, dass sich eine gefühlte Temperatur von etwa 5° Grad Celsius ergab. Alles was sich vorher noch lebendig angefühlt hatte, erstarrte sofort. Ich begann sofort zu frösteln und in meinen Gedanken kamen Befürchtungen hoch wie „ich werde sofort krank"! Was natürlich nicht stimmte und gleichzeitig schon möglich war. Nach der ersten Fahrt hatten wir uns darauf eingestellt und kurz bevor wir einen solchen Zug betraten, bedeckten wir uns, damit unser Körper mit der Kälte besser umgehen konnte. Und ich veränderte meine Gedanken und sorgte dafür, dass mein System ein Gefühl von innerer Stärke aussendete, um die Kälte abzuhalten. Ich sah im Inneren Bilder von Licht und fühlte die Wärme der Sonne. Bisher praktizierte ich dies sehr erfolgreich.

In den Zügen der Metro und des Skytrains war es außer am Sonntag zu jeder Tages- und Nachtzeit sehr voll bis hin zu übervoll. Die Menschen standen dicht gedrängt und ließen sich abgekühlt von A nach B bringen. Es schien ihnen scheinbar nichts auszumachen. Manche Menschen trugen sogar nur kurze Hosen oder T-Shirts.

Was mich als aufmerksamen Menschen allerdings erschreckte, war der grenzenlose Umgang mit den Smartphones. Fast jeder hatte entweder Kopfhörer auf und ließ sich berieseln oder starrte in das Gerät, um zu spielen oder zu lesen. Die volle Aufmerksamkeit richtete sich nur noch auf das Smartphone und Augenkontakt mit Menschen herzustellen, war richtig schwer. Manch einer reagierte auf ein Lächeln meinerseits, doch dann wandte er oder sie sich wieder dem Smartphone zu und verschwand in einer anderen Welt.

Ich konnte natürlich verstehen, dass die Menschen sich ablenken lassen wollten oder die Bahnfahrt so kurzweilig wie nur irgendwie möglich gestalten wollten. Doch so gar keinen Kontakt zur Außenwelt, machte mich schon sehr stutzig. Welche Macht die digitale Welt mittlerweile eingenommen hatte, stimmte mich nachdenklich.

Wie sollte es da möglich sein präsent im Augenblick zu leben, wenn die ganze Aufmerksamkeit nur noch auf den Input des Smartphones gelenkt ist? Gleichzeitig konnte ich nicht beurteilen, ob all diese Menschen vielleicht eine Trancereise oder Meditationsmusik auf dem Ohr hatten und so den Augenblick genossen. Sicher konnte ich es bei den zahlreichen Zeitvertreib-Spielen sagen, bei denen etwas eingesammel oder abgeschossen werden musste.

Es ist so sehr im Gegensatz zur buddhistischen Philosophie, die das Leben im Augenblick als die Quelle von Glück und Zufriedenheit ansieht. Ich wünsche mir für mich den achtsamen Umgang mit dem Smartphone und alles andere kann ich nur beobachten.

Kapitel 8 – Mit dem Bus nach Nordthailand oder sind wir dafür schon zu alt?

Busfahren ist immer wieder ein Erlebnis. Inzwischen sorgt das Internet dafür, dass es um einiges leichter ist mit dem Bus von A nach B zu kommen. Tickets kann ich online vorab buchen und es werden sogar verschiedene Kategorien angeboten. Von „nur Busfahren" bis hin zu „Klima, TV, Steward on board" und auch verschiedene Fahrtdauern. Da es nicht möglich ist, von Chiang Mai nach Chiang Rai zu fliegen, entscheiden wir uns für eine Busfahrt. Wir wollten auf alle Fälle auch den richtigen Norden von Thailand besichtigen. Bisher hatten wir viel von Städten und der entsprechenden Kultur gesehen und jetzt freuten wir uns auf Natur. Mit dem roten Sammel-Taxi lassen wir uns mit dem Gepäck zum Busbahnhof bringen. Ich bin sehr erstaunt wie sauber und gepflegt der Busbahnhof von Chiang Mai ist. Auf meinen letzten Reisen in Mittelamerika hatte ich schon erlebt, dass Busbahnhöfe sauberer und gepflegter werden. Ich kannte diese Orte noch, da wurde ich als Tourist an jeder Ecke von zwielichtig aussehenden Menschen angesprochen, es roch sehr streng, es war in den Zwischenetagen sehr dunkel und ich war froh, wenn ich unbehelligt diese Bahnhöfe wieder verlassen konnte. In Nordthailand ist es anders. Für 3 Baht gibt es ein relativ sauberes Klo, für 1 Baht gibt es noch Toilettenpapier und die freundliche Toilettenfrau begrüßte mich mit einem lauten sawadi kha!

Die Bus-Bahnsteige sind gut ausgeschildert und der gesamte Bahnhof ist sauber. Mit ein wenig Verspätung kommt unser Bus, wir verstauen unsere Rucksäcke im Gepäckfach und los geht die Fahrt im klimatisierten Bus. „Wo kommen denn die ganzen Mücken her?" fragte mich meine Frau. „Stimmt, das ist echt interessant", antwortete ich ihr. Gefühlt waren hier hunderte Mücken im Bus und das obwohl die Klimaanlage auf Hochtouren lief. Wir hüpften noch einmal schnell aus dem Bus und sprühten uns kräftig ein. Wir hatten das anderswo schon einmal im Raum gemacht, doch das Spray legte sich auf die Bronchien. Naja, es sollte ja auch die Mücken von uns abhalten. Also mussten wir auch ein wenig anders riechen. Inzwischen haben wir herausgefunden, dass Basilikum und Kaffir-Limette als Spray gut hilft und auch gut riecht.

Zurück im Bus machten wir es uns bequem. Mit uns fuhren viele Asiaten im Bus. Rucksacktouristen, wie wir es waren, gab es nur sehr wenige. Vor uns saß eine Familie aus Wales, die mit ihrem 5-jährigen Sohn auf Thailandreise unterwegs waren. Wie sich später im Gespräch herausstellte, war es für die drei vollkommen einfach und unkompliziert auf diese Art und Weise zu verreisen. Einzig die Menge an Gepäck war eine kleine Herausforderung. Sie verreisten entweder mit dem Bus oder mit dem Zug, um Geld zu sparen. Für Chiang Rai hatten sie noch keine Unterkunft gebucht. Doch bei der Ankunft abends um 6 Uhr würden sie schon das Passende finden.

Außerhalb der Stadt sahen wir die ersten Reisfelder. Diese waren in kleine Quadrate angelegt, kleine Parzellen gefüllt mit Wasser mit unterschiedlichen Pflanzen, von ganz am Anfang bis kurz vor der Ernte. Zwischendurch sahen wir gebückte Menschen, die bei der Hitze die neuen Pflanzen einsetzten. Eine Arbeit, die schon beim Zuschauen sehr anstrengend aussieht. Mich erfüllt der Anblick von so sorgfältiger und aufwendiger Arbeit jedes Mal auch mit Dankbarkeit. Reis ist hier für ein wirklich kleines Geld an jeder Ecke zu haben und gleichzeitig bedeutet es die Handarbeit von vielen Menschen. Ich merke, dass ich dies manchmal gar nicht richtig schätze und es als selbstverständlich annehme.

Der Anblick der Felder und der unterschiedlichen Vegetation tut unseren Augen und unserer Seele gut. Nach Beton, Hochhäusern, Verkehr und vielen Menschen genießen wir den Anblick von Grün. Hier wachsen Papaya-Bäume, Mangobäume und Bananenstauden nebeneinander und scheinbar wild. Es sieht so aus, als ob wir uns einfach nur die reifen Früchte von den Bäumen nehmen und reinbeißen könnten. Vielleicht ist es ja auch so, nur sind wir im Bus unterwegs und können gerade hier nicht anhalten.

Der Weg über die Berge ist schwerfällig. Der Bus kommt nur langsam vorwärts, obwohl der Busfahrer am liebsten nie bremsen würde. Doch eine lang gezogene Baustelle, die es so bei uns nie geben würde, verlangsamt die Fahrt. Der Plan ist es in den nächsten drei Jahren eine vierspurige Autobahn durch die Berge zu bauen. So zumindest verrät es das Bild der Bautafel, das irgendwo am Rande der Baustelle steht. Zwischen den großen Baumaschinen arbeiten auch immer wieder vermummte Frauen mit kleinen Harken. Für uns ist es nicht zu erkennen, was sie wirklich machen. Interessant ist, dass es sich dabei ausschließlich um Frauen handelte, die diese Handarbeit verrichten.

Sie standen im Staub und in der Hitze der Baustelle und waren geschützt durch Tücher vor den Gesichtern. Teilweise trugen sie Flip-Flops mit Socken, die sie vor der gefährlichen Arbeit nicht schützen konnten. Ich vermutete mal, dass das Angebot an Arbeit in dieser Region sehr gering war bzw. die Menschen, die hier arbeiteten in einer Zwangslage waren. So kamen jeden Tag Flüchtlinge über die Nordgrenze nach Thailand. Es waren Menschen aus Krisengebieten in Myanmar und Laos, deren Lebensbedingungen zuhause noch schwieriger zu sein schienen, als hier auf einer Straßenbaustelle in den Bergen von Thailand. Sie flüchteten vor ethnischen Verfolgungen, Armut und Hunger in ein unbekanntes Land. Meist waren diese Menschen ohne Reisepass unterwegs und waren deshalb in Nordthailand auch nur geduldet bis zur nächsten Regierungsentscheidung.

Menschen starteten Veränderungen, wenn sie große Schmerzen oder große Ziele hatten. Diese Flüchtlinge waren angetrieben von großen Repressalien und dem Wunsch auf ein besseres Leben.

Unterwegs sahen wir immer wieder prächtige Wat mit sehr großen Buddha-Statuen und vergoldeten Dächern. Es waren teilweise große Anlagen mit vielen Gebäuden und Statuen, die richtig herausragten. Freundliche und ernste Buddhas, die scheinbar über ihr Dorf und ihre Region zu wachen scheinen. Ich sagte zu meiner Frau „es ist egal wie arm das Dorf aussieht, die Tempelanlagen sind top gepflegt und mit Schmuck und Gold verziert". Und es war wirklich so, dass die Thais sehr gerne überall spendeten und für ihr gutes Karma sorgten.

Nach etwa der Hälfte der Strecke machten wir Rast an einer typischen Bus-Haltestelle. Es gab überteuerten Kaffee und Essen sowie die klassischen Stehtoiletten mit einem Eimer Wasser zum Nachspülen. Als wir auf dem Weg zum Bus kurz stehenblieben, um die Szenerie zu begutachten, spürte ich plötzlich ein Brodeln unter den Füßen. Zuerst dachte ich, dass es von einer Baustelle kommen könnte. Doch das Beben wurde stärker und fühlte sich sehr ungewohnt an. Es war als erhob sich etwas in der Erde und klopfte von unten an die Erdoberfläche. Es brodelte, es wackelte und es fühlte sich unbekannt an. Ich sah mich um und die

Menschen fingen an laut zu rufen und sich verschreckt zusammen zu rotten. Dann war wieder Ruhe und ich sah lauter fragende Gesichter. Was war gerade geschehen? War es ein Erdbeben? Hat sich die Erde erhoben und gezeigt? Ich fühlte mich berührt und auch klein im Vergleich zu den Mächten der Natur.

Ich sah die anderen Touristen an und suchte mit Blicken meine Frau, doch sie saß schon im Bus. Hier mitten auf dem Land sprach keiner so wirklich gut Englisch und ich konnte mich nicht mit den Einheimischen austauschen. Doch ich war mir sicher, dass es ein Erbeben war oder zumindest der Ausläufer von einem größeren Beben irgendwo auf dieser Erde. Ein sehr mächtiges Erlebnis, dass mich nachdenklich stimmte.

Die weitere Busfahrt verlief ein wenig ruhiger und nachdenklicher. Die Natur zeigte sich von einer sehr schönen Seite in unterschiedlichsten Farben. Früchte, Palmen, Kokosnüsse und vieles mehr. Das Bild, das sich uns bot, war hier sehr reichhaltig. Es gab sogar Bäume, die alle Blätter abgeworfen hatten und nur noch gelbe Blüten trugen. Es schien, als ob sie allen unnötigen Ballast abgeworfen und sich auf das Wesentliche konzentriert hatten.

Nach etwa drei Stunden Fahrt kamen wir in Chiang Rai an. Es ist auf den ersten Blick ein kleines sauberes Städtchen mit einem großen Night Market und klimatisierten Geschäften. Wir schnappten uns unseren Rucksack und machten uns zu Fuß auf den Weg zu unserem Bed & Breakfast. Unterwegs erzählte mir meine Frau von einer Bewertung, die sie über unsere Unterkunft gelesen hatte. Darin war zu lesen

„Eigentlich ist das Bed & Breakfast für Backpacker, gleichzeitig trifft man hier auch ältere Menschen und Familien an."
Ich musste schmunzeln und gleichzeitig gab mir diese Bewertung zu denken. Wir waren als Backpacker unterwegs – was ja nichts anderes heißt als Rucksack - und nutzen auch die einfachen Busse, um Land und Leute zu sehen und zu erleben.

Kapitel 9 – Mit dem Taxi durch Nord-thailand

Das Angebot an Ausflügen, Rundfahrten, Besichtigungen, Erlebnisfahrten, Abenteuer und Aktivitäten in Chiang Rai ist riesig groß. Gefühlt an jeder Ecke gibt es einen Tour-Operator oder ansonsten liegen in den Hotels jede Menge Mappen mit möglichen Touren aus. Die Vorschläge reichen von einer ½ Tagestour bis hin zu mehrtägigen Trekkingtouren. Besonders beliebt sind hier die Ausflüge zu den umliegenden Bergbewohnern. Die ethnischen Minderheiten in den Bergregionen Nordthailands haben eine eigene Sprache, eigene Bräuche und auch besondere Trachten. Ihr Glaube unterscheidet sich von dem Buddhismus, der in Thailand an jeder Ecke praktiziert wird. Die meisten haben nomadische Wurzeln und sind aus den umliegenden Regionen von Tibet, Myanmar, China und Laos eingewandert und haben sich in den Bergregionen von Thailand niedergelassen. Weiter im Angebot sind Fahrten zum Golden Triangle und in die Region des Opiumanbaus.

Als wir in Ruhe die Angebote studierten, bekamen wir ein Gefühl von Überfrachtung. Da wurden 6, 8 Sehenswürdigkeiten in einen Tag reingepackt, um möglichst viel in kürzester Zeit abzudecken. Wir waren uns sicher, dass wir spätestens nach der

dritten Station einen „information overflow" erreichen würden. Wir könnten nicht mehr unterschei-
den in welchem Wat wir waren und wo welche Be-
sonderheit auf uns gewartet hat.   Deshalb beschlossen wir unsere Tour auf eine andere Art und
Weise durchzuführen.

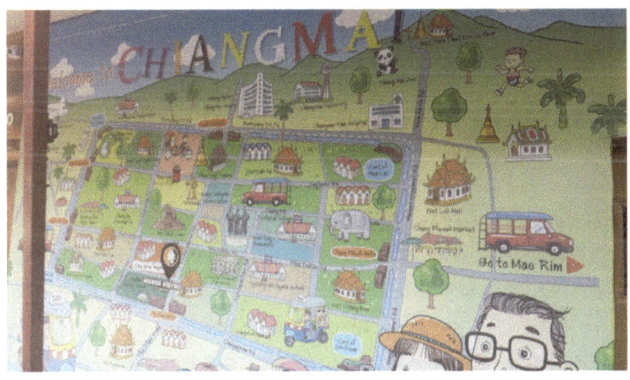

Wir pickten uns die drei wichtigsten Punkte heraus
und fragten nach einem Taxifahrer, der uns den
Tag über begleiten würde. Wir fanden das eine
sehr gute Idee und waren der Meinung, dass wir
eine gute Entscheidung getroffen hatten. Die beiden sehr liebenswürdigen Mitarbeiter am Empfang
vom sleepy house telefonierten ihre Kontakte ab
und in Kürze hatten wir einen vertrauensvollen
Fahrer, der uns am nächsten Morgen abholen
sollte. Und genau so kam es dann auch. Ein blau-
gelbes Taxi stand vor unserem Hotel. Die fast
neuen Plastiksitze vom Toyota knarzten als wir

uns reinsetzten, an den Fenstern waren rosafarbene und etwas kitschige Vorhänge, die sorgfältig auf die Seite geschoben waren und der Fußboden wurde mit einer zerschnittenen Yogamatte geschützt. Unser Fahrer sah noch sehr jung aus und sprach ein klein wenig Englisch. Er stellte sich als Mr. Pon vor und wie wir später erfuhren, war er drei Jahre älter als ich. Ich war überrascht, und fragte mich, wie es möglich war noch so jugendlich auszusehen. Aus meiner Sicht lag es am gesunden Essen, einer Veranlagung und einer aus unserer Sicht sehr entspannten Lebensweise mit wenig Sorgen und Ängsten. Dies war allerdings eine Vermutung, die ich jedoch im Laufe meiner vielen Reisen immer wieder bestätigt bekommen hatte. Gleichzeitig war es auch ein Spiegel unserer Gesellschaft, die trotz ausgezeichnetem Lebensstandard, der Möglichkeit in alle Ecken der Erde zu reisen und einem sozialem Auffangnetz, von Ängsten und Nöten geplagt ist. Es scheint, dass finanzieller Reichtum und das Streben nach „immer mehr" nur bedingt zu einem angstfreien Leben führt. Diese Erkenntnis hatte ich auch nach einem Gespräch mit einem buddhistischen Mönch. Auf die Frage was für ihn „happiness" bedeutet, antwortete er mir, dass dazu auch die Kenntnis von Leid notwendig ist. Wenn wir verstanden haben, was Leiden bedeutet, können wir auch Glücklichsein erfahren. Und der zweite Aspekt, den mir der Mönch mitgegeben hat, ist das Leben im

Augenblick. Die Vergangenheit beeinflusst uns hier und jetzt und gleichzeitig ist dieser Augenblick bereits vorbei. Unser jetziger Augenblick beeinflusst unsere Zukunft und gleichzeitig wissen wir noch nicht wie. Die Einheit von Körper, Geist und Seele kann jedem von uns helfen im Hier und Jetzt zu sein.

Kapitel 10 – Die unterschiedlichsten Lebensmodelle an einem Abend

Das Menschen die unterschiedlichsten Wege durch ihr Leben gehen, hatte ich bei jeder meiner Reisen erfahren dürfen. Ich weiß auch, dass alles liegt nur im Auge des Betrachters. Das bedeutet für mich, dass jeder eine selektive Wahrnehmung hat und nur genau das sieht, was für ihn/sie in der jeweiligen Situation wichtig erscheint. Aus diesem Grund sind die verschiedenen Lebensmodelle, die ich während unserer Reise kennenlernen durfte, auch nur eine rein persönliche Wahrnehmung und Darstellung. Vielleicht bedeutet dieser Teil der Geschichte für meine Leser/innen Altbekanntes und doch möchte ich es erzählen, da es mir wichtig ist.

Da sind wir an einem außergewöhnlichen Abend auf einer der besten Rooftop Bars von Bangkok. Es gibt leichte Piano-Musik im Hintergrund, manch eine(r) der Gäste hatte sich richtig herausgeputzt und feinen Zwirn angelegt. An der beleuchteten Bar wurden verschiedenste Drinks gemixt und liebevoll mit ein paar Früchten dekoriert. Die Bedienungen servierten unauffällig die Cocktails und es war eine wunderbare und erfüllende Stimmung an diesem lauen Sommerabend. Doch als ich das Verhalten der Menschen beobachtete, war ich sehr erschrocken. Viele hatten nichts

Besseres zu tun, als mit ihrem Handy zu hantieren. Entweder wurden Nachrichten gelesen, Gespräche geführt, getippt oder fotografiert. Sie wirkten abgelenkt, nervös und irgendwie abwesend. Klar, konnte ich das in dieser Situation nur von außen betrachten und gleichzeitig fand ich es befremdlich, dass so viele Menschen die Ablenkung suchten, anstatt sich mit dem/der Partner/(in) zu unterhalten und den sehr schönen Abend zu genießen. Es ist die Entwicklung unserer Zeit, die sich nicht mehr zurückdrehen lässt.

Das nächste Lebensmodell erlebten wir an einem anderen Abend, den wir bei Toy, in einem einfachen, aus Holz zusammengestelltem Restaurant verbrachten. Toy war die gute Seele der Anlage, die aus zehn völlig verschiedenen Unterkünften und einem Gemeinschaftsraum mit Restaurant und Tischen bestand. Die ganze Anlage mutete sehr ursprünglich und doch auch wohnlich. Zumindest während der Saison von Dezember bis März war es fast unmöglich hier eine Unterkunft zu bekommen. Viele Menschen, die sog. long-stayer liebten diese Unterkunft und verbrachten hier ihren Winter. Zusammen mit unseren Freunden, machten wir uns zu Fuß den steilen schmalen Weg zu Toy hinab und rochen schon von weitem den Fisch. Sie hatten frischen Fisch gefangen und dieser lag bereits im heißen Fett. Alle begrüßten uns sehr herzlich und sie erklärten uns auf Thai, was es heute Abend zu essen geben würde. Wir waren hungrig und damit einverstanden. Es gab einen großen Tisch, an dem die Abendessen-Gäste und die Gäste aus dem Hostel zusammentrafen. Wir lernten hier an diesem Abend zwei völlig verschiedenen Modelle von Leben kennen. Beide starteten in Berlin. Der eine Mann praktizierte seit 5 Jahren jeden Tag 4 Stunden Yoga mit dem Ziel, wie er sagte, die Erleuchtung zu erhalten. Ganz ehrlich gesagt, sah er sehr abgemagert aus und hatte wirklich harte Gesichtszüge. Er wirkte, also wenn er in der Vergangenheit sehr hart mit sich und seinem Körper umgegangen war. Ich war bisher der Meinung, dass Erleuchtung eine sehr positive Entwicklung unseres Seins ist, also sich zeigt, wenn derjenige in seine Berufung und seine wahre innere Kraft kommt. Den Weg zur Erleuchtung stellte ich mir als etwas Ruhiges und Beseelendes vor und nicht als Kampf mit sich und dem gesamten Universum.

70

Offensichtlich hatten wir unterschiedliche Vorstellungen von diesem Weg. Ob er sein Ziel erreicht hatte, konnten wir letztendlich nicht ganz herausfinden und war uns auch zu anstrengend.

Der andere Mann war ebenso in Berlin gestartet und seine Mutter lebte auch noch dort. Inzwischen war er nach Vancouver gezogen und verbrachte dort sein Leben. Er war nach seiner Ansicht der beste Masseur weit und breit in Kanada und Menschen kamen von weit her, um seine Kunst zu genießen. Die Auszeit hier auf Koh Phangan hatte er sehr notwendig, da er sich körperlich und mental ausgelaugt fühlte. Um wieder in seine wahren körperlichen Kräfte zu kommen, trainierte er mit den örtlichen Thai-Box Kids und verbrachte Stunden im täglichen Training. Auch er sprach von einer Art Erleuchtung, die er allerdings auf eine ganz andere Art und Weise erreicht hatte, nämlich über die Pflege seiner Mutter. Er hatte seiner Mutter immer wieder den Aufenthalt in Kanada ermöglicht. Dafür flog er zu seiner Mutter nach Berlin, holte sie zuhause ab und zusammen flogen sie zurück nach Kanada. Dies hatte er mehrmals in den letzten Jahren wiederholt. Die Kosten hatte er getragen. In der gemeinsamen Zeit mit seiner Mutter hatte er die Möglichkeit so viel von ihr zu lernen. All das, was er in seiner Jugend völlig ablehnte, holte er jetzt in der familiären Zeit nach. Nach seinen Worten hatte ihn dies sehr weit in seiner persönlichen Entwicklung gebracht. Seine Sichtweise vieler

Dinge in seinem Leben und über das Leben verstand er inzwischen.

Interessant für michwar, wie zwei Menschen, die sich sogar aus ihrer gemeinsamen Zeit in Berlin kannten, so unterschiedliche Wege gehen konnten. Das waren die besonders ausgefallenen Lebensmodelle, die ich in unserer Zeit in Thailand erleben durfte. Von den Geschichten, das jemand jahrelang mit seinem alten VW Bus durch die Welt tourte, wollte ich an dieser Stelle gar nicht mehr berichten, da dies ja schon öfters an verschiedenen Stellen beschrieben wurde.

Kapitel 11 – Reiki erster Grad auf bayerisch

Es gibt keine Zufälle, sondern alles kommt genau so, wie es für jeden einzelnen bzw. für uns stimmig ist. Manchmal ist es etwas schwieriger für mich, genau das in der jeweiligen Situation zu erkennen. Doch mit etwas Abstand wird es mir sehr klar.

Meine Frau kam letztes Jahr schon mit dem Vorschlag auf mich zu, eine erste Einführung in Reiki zu machen und den ersten Level zu absolvieren. Ganz ehrlich, ich hatte von Reiki ein paar seltsame Bilder in meinem Kopf. Unter anderem dachte ich mir, dass es sich dabei um eine „brotlose Kunst" handeln würde. Genau aus diesem Grund hielt sich meine Begeisterung an so einem Workshop teilzunehmen, in Grenzen. Gleichzeitig spürte ich in mir, dass hier eine Chance lag, die ich auf alle Fälle wahrnehmen sollte. Es war ein herrlicher Widerspruch in mir der sich auch nicht so ohne weiteres auflösen ließ.

In Hamburg gab es einen Reiki Lehrer, der auch hin und wieder auf Sylt seine Kunst ausübte. Diesen Lehrer hatte meine Frau angefragt und die beiden standen im Kontakt, um einen geeigneten Termin zu finden. Aus heutiger Sicht war es sehr interessant, dass trotz vieler zeitlicher Möglichkeiten kein gemeinsamer Termin zustande kam. Mal waren wir verhindert, mal konnte der Lehrer nicht. Besonders auffallend war es an einem Termin, an dem beide Parteien konnten und dann doch noch etwas dazwischenkam. Sehr spannend!

Und so machten wir uns auf unsere Reise, ohne eine Reiki Ausbildung absolviert zu haben. Auf Koh Phangan angekommen, durchforsteten wir die Anschlagsbretter der unterschiedlichsten Yogazentren und ließen uns inspirieren, was es alles für unterschiedliche Weiterbildungsmöglichkeiten gab. Electric Healing, Dragon World, Woodoo und vieles mehr wurde da angeboten. Und dann war da der kleine, etwas veraltete Anschlag von Klaus, der Reiki-Ausbildungen für die unterschiedlichsten Grade anbot. „Was hältst Du hiervon?" fragte mich meine Frau. „Naja", dachte ich bei mir. Das Foto hatte ich gar nicht gesehen, sondern nur das Plakat. „Was ist dein erster Impuls?" fragte ich sie. „Ich frage mal an und werde seine Webseite in Ruhe durchsehen", war ihre Antwort.

Wir hatten wieder angefangen, verstärkt auf unseren ersten Impuls zu hören. Dieser gibt unserem Leben genau die richtige Information. Der erste Impuls ist so rein, ungefiltert aus unserem Innersten und frei von jedem Gedanken. Er zeigt uns den für uns richtigen Weg tief aus unserem Unterbewusstsein. Mit Achtsamkeit für den Augenblick kann jeder von uns den ersten Impuls spüren. Es bedarf täglicher Übung und ist für mich auch ein wenig anstrengend. Ich habe mich gefragt, warum das so ist. Und eine schlüssige Erklärung ist, dass es ungewohnt und neu ist und Energie bedarf.

Klaus hatte meiner Frau geantwortet und uns den Vorschlag gemacht, gleich noch in dieser Woche zu einer Ausbildung zu kommen. Er hatte keine weiteren Termine und würde sich zeitlich auf uns einstellen. „Grandios", dachten wir beide und vereinbarten für Donnerstag und Freitag unser Reiki Seminar. Wir erzählten am Strand ein paar Urlaubern von unserem Plan und Peter, ein sehr sympathischer Kerl aus Bayern, entschied sich spontan bei unserer Ausbildung mitzumachen.

Somit waren wir drei Schüler, die sich voller spiritueller Erwartungen auf den Weg nach Shritanu im Norden von Koh Phangan machten. Ich hatte keine Ahnung was mich da erwartete, was Reiki bedeutet und ob ich da als ganz anderer Mensch wieder zurückkommen würde. Mein Gefühl zeigte mir, dass alles gut sei und ich vertrauen darf. Und so kamen wir zum Reiki Center und wurden dort von Klaus persönlich begrüßt. Seine ersten Worte waren „Servus und griaß Eich". Ich blieb wie angewurzelt stehen und konnte es nicht fassen, diese tiefst bayerischen Ausdrücke hier zu hören. „Woitzt es auf bayerisch weitermacha oda auf englisch? Hochdeitsch koan i ned und da muas i zvui übersetzta. Des dauert z'lang und is ma a tschwar!"

BÄM! Das hatte gesessen und ich kam aus dem Staunen nicht heraus. Klaus war geschätzt Anfang vierzig, sprach etwas langsamer, seine Gestalt war lang und dünn, er hatte eine Brille mit geklebtem Gestell auf der Nase, schütteres Haar, ein breites Grinsen und trug eine Elefantenpumphose. Bei dem Anblick bemerkte ich, dass ich eine ganz andere Erwartung an unseren Reiki-Lehrer hatte. Groß gewachsen, breit-schultrig, lange dunkle Haar, voller Tätowierungen und einen dunklen längeren Bart. Sehr spannend, was für mich ein klassisches Bild von einem spirituellen Äußeren war. Nur Klaus war in seinem äußeren Erscheinungsbild ganz anders. Allerdings merkte ich im weiteren Gespräch wie weit er von der spirituellen Entwicklung bereits war und dass es egal ist, wie ein äußeres Erscheinungsbild ist. Klaus strahlte eine Klarheit und Direktheit aus, die mich sehr verblüffte. Er begrüßte uns so herzlich und mit einer tiefen Hingabe. Sein Behandlungsraum roch angenehm nach Räucherstäbchen, hatte ein weiches Licht und einen kleinen Altar. Für jeden von uns waren Mediationskissen vorbereitet, auf denen wir gemütlich Platz nehmen konnten. Wir erfuhren von Klaus über seinen ungewohnten Lebensweg, von einer klassischen Tätigkeit im Vertrieb bei einer großen Versicherung, über seine jährlichen Auszeiten bis hin zu dem Entschluss, sein bisheriges Leben aufzugeben und sich voll und ganz dem Reiki als Aufgabe zu widmen. Seine Erzählungen

76

waren voller Inspiration für uns und besonders mir wurde klar, warum wir Klaus als Lehrer gewählt hatten. Seine unverblümte direkte Art Situationen und Herausforderungen anzusprechen, waren genau das Richtige für mich. Und gleichzeitig schmunzelte ich bei diesem Dialekt und auch der Wortwahl. Doch lustig sein und Spaß haben und eine spirituelle Einführung zu bekommen sind Dinge, die sich sehr gut ergänzen und es auch leichter machen. Wir lernten in diesen zwei Tagen sehr viel über bedingungslose Liebe zu uns selbst und zu allen anderen. Wir lernten wieder auf unsere uns gegebene Energie, die wir immer bei uns haben, zu achten und auch das Geschenk, diese an andere weitergeben zu dürfen. Die Einfachheit und gleichzeitig die Stärke von Reiki machten uns sprachlos und sehr sehr dankbar. Von diesem Moment an freuten wir uns auf die Chancen, andere daran teilhaben zu lassen.

Kapitel 12 - Touching Day auf Koh Phangan

Es begann an diesem Morgen mit einem Bad im Meer. Vor unserem Bungalow befand sich eine kleine Stelle zwischen den zerklüfteten Steinen in der sich der feine Sand zeigte, wenn das Wasser etwas zurückgegangen war. Die Temperatur des Wassers lag schon seit Tagen bei gefühlten 30° Grad Celsius. Wir empfanden es wie eine riesengroße Badewanne mit Salzwasser gefüllt. Ich legte mich in das warme Meerwasser und genoss das Gefühl mit allen Sinnen. Das Wasser schmeichelte meinem Körper, umspülte es und trug mich auf der Wasseroberfläche. Zwischendurch entdeckte ich einen Krebs, der mich faszinierte. Er rannte buchstäblich mit seinen sechs Beinen unter Wasser zwischen den Steinen hin und her. Ich konnte den Krebs deswegen so genau beobachten, da das Wasser an diesem Morgen kristallklar war. Der Meeresgrund war von oben aus gut zu sehen. Und so konnte ich den Krebs genau beobachten und spürte, dass er vor mir keine Angst hatte. Mit seinen aufgesetzten Augen schien er mich zu beobachten, jede Bewegung genau zu sehen. Gleichzeitig schien er von mir nicht weiter beeindruckt zu sein. Nach diesem ausgiebigen Bad im Meer, beschlossen wir in die Dorfmitte zu fahren, um bei Mimi's das Frühstück einmal zu probieren. Bisher hatten wir nur den guten italienischen Kaffee getrunken und wussten gar nicht genau, ob es hier auch Frühstück gab.

Im Mimi's Café gab es nur ein Lebensmotto: „Be happy". Dieses Motto strahlte Mimi mit jeder Zelle ihres Körpers aus. Schon beim Betreten des kleinen Café's ertönte ein gut gelauntes „Good Morning, how are you?" Und diese Frage war ernst gemeint und forderte auch eine Antwort. Anders als wir es von Amerika gewohnt waren, wo diese Frage einfach nur eine höfliche Floskel war. Da wir Mimi schon ein wenig kannten, antwortete ich mit einem fröhlichen „Buongiorno bella ragazza, tutto bene y tu?" Ihr Mann stammte aus Italien und somit hatte sie auch bereits Italienisch gelernt. Ein breites Grinsen erschien auf ihrem Gesicht und sie freute sich uns zu sehen. Wir fühlten die positive

Energie, die sie ausstrahlte und die uns hier wie zuhause ankommen ließ. Mimi war für uns ein Mensch, der den Menschen viel Liebe schenkte. Ein Herzensmensch, dessen positive Einstellung durch das gesamte Café verströmt wie der Geruch von leckeren frischgemahlenen Bohnen.

Nach einem kurzen Small Talk bestellten wir zwei italienische Capucchini und stöberten auf der Karte, was wir leckeres essen wollten. Es gab ein selbstgemachtes Granola-Müsli und French-Toast, den wir beide auch besonders gerne mochten. Allerdings zögerten wir noch bei der Bestellung, da wir nicht wussten, ob es für uns vielleicht zu viel sein konnte. Mimi erkannte bei der Bestellung unser zögern und meinte, dass der French-Toast sehr schwer sei und bei demjenigen, der ihn essen würde dazu führte, dass er oder sie sich richtig vollgegessen fühlen würde. Wir sahen uns beide an und bestellten daraufhin nur das Granola-Müsli.

„Hatte Mimi uns gerade von der Bestellung abgeraten und somit ihren eigenen Umsatz geschmälert?", fragte ich erstaunt meine Frau. „Ja! Sie weiß, dass wir unsere Reiki Ausbildung bei Klaus absolviert haben und deswegen mit dem Essen achtsamer sind". „Wow, das macht mich mal eben sprachlos", meinte ich und war über so viel Mitgefühl berührt.

Wir bekamen unseren Kaffee zusammen mit dem Müsli serviert und Mimi setzte sich zu uns an den Nachbartisch. Gerade als sie anfing die

80

Preisschilder für ihre Auslage zu basteln, fragte ich sie, wie ihre Lebensreise begonnen hatte und wie sie es schaffte, so viele Menschen in ihren positiven Bann zu ziehen. Sie schmunzelte und antwortete zu uns, dass dies das Ergebnis einer 10-jährigen Reise sei, die Mimi jeden Tag auf's Neue erfüllte und auch weiterhin forderte. Angefangen hatte alles mit dem Wunsch, das bisherige Leben zu verändern, in dem Konsum, Neid, Unachtsamkeit, erhöhter Alkoholkonsum und nächtelange Partys eine sehr wichtige Rolle spielten. Sie verspürte den Wunsch glücklich zu sein und wusste gleichzeitig gar nicht so genau, wie sie dies anstellen sollte. Ihr bisheriges Glück war immer nur von kurzer Dauer, viel von außen gesteuert und nicht wirklich abrufbar. Und wie bei vielen Menschen, die wir auf unserer Reise getroffen hatten, begann auch ihre Geschichte mit einer Weltreise. Nach verschiedenen Stationen in der Welt landete sie auch in Indien in einem Ashram. Hier verbrachte sie insgesamt drei Monate der Innenschau. Das wichtigste was sie hier gelernt hatte, waren die Beobachtung und die Beruhigung des eigenen minds, die Zufriedenheit mit dem Wenigen was sie noch besaß und das Leben im Hier und Jetzt zu genießen. Immer wenn der mind anfing ihr Geschichten zu erzählen, beobachtete sie das Szenario, ging in den Dialog mit der oder den Ängsten und stellte fest, dass es jedes Mal Ängste waren, die auf eine mögliche Situation in der Zukunft gerichtet waren.

Doch diese Ängste hatten nichts mit der reellen aktuellen Situation zu tun, sondern waren Filme, die sich ihr Geist über die Zukunft ausgemalt hatte. Um diese Situationen in den Griff zu bekommen, empfahl sie, dass jeder seine eigenen Herangehensweisen ausprobierte. Jeder brachte seine eigene Geschichte mit unterschiedlichen Erfahrungen im Leben mit. Die Erziehung und die Abenteuer, die jeder bis hierhin erlebt hatte, prägten die Auffassung und was jeder aufnahm.

Und somit kann auch jeder Einzelne damit nur auf seine eigene Art und Weise damit umgehen. Für Mimi war es auch eine Entscheidung zu sagen, dass jeder Tag ein Geschenk ist, gesund aufzuwachen und die Chance zu haben diesen Tag nach eigenen Möglichkeiten zu gestalten. Sie hatte ihre Wünsche für sich klar formuliert, diese mit den entsprechenden Vorstellungen, Bildern und Gefühlen dargestellt und bei der Erfüllung auf entsprechende Hinweise beobachtet. Klar gab es auch im Leben von Mimi Tage, in denen sie sich schlechter fühlte. Doch im Rückblick waren es vielleicht drei Tage im letzten Jahr an denen sie die Menschen nicht umarmen wollte und mit einem fröhlichen Grinsen begrüßen konnte. Sie hatte die Menschen, die ihr Energie klauten und die sie nicht weiter inspirierten, aus ihrem Leben genommen. Sie erkannte in jedem Gespräch, dass sie führte, eine Botschaft, einen Hinweis oder Geschenk für ihren Tag oder für ihre nächsten Tage.

Obwohl das Gespräch immer wieder unterbrochen wurde, da viele Gäste ihren guten Kaffee genießen wollten und viele Menschen von ihr strahlend begrüßt oder verabschiedet wurden, verließen wir tief berührt und erfüllt diesen wertvollen „be happy" Ort, an dem dies wirklich erlebbar ist.

In unserem Resort angekommen, traf ich Joe, den Mann, der mit seinem Piano auf Reisen gegangen war. Bis vor kurzem kannte ich Joe noch gar nicht. Erst als meine Frau mir verschiedene Videos von Joe gezeigt hatte und eine Freundin von ihr aus der Heimat ganz entzückt war, dass wir im selben Resort wie Joe leben würden, wurde mir klar, was für ein bekannter Künstler hier wohnte. Wir hatten uns bereits die Tage ausgetauscht und so wussten wir, dass an diesem Abend ein Konzert bei Sonnenuntergang stattfinden würde. Wir hatten unseren Freunden auf der Insel bereits Bescheid gesagt und freuten uns auf diesen besonderen Moment. Als ich an seinem Bungalow vorbeikam, unterhielten wir uns kurz über den bevorstehenden Abend. Ich bot ihm meine Hilfe an für den Fall, dass er jemanden suchte, der ihm beim Tragen helfen könnte.

Kurze Zeit später stand Joe vor unserem Balkon und fragte uns, ob wir ihm später helfen konnten das Klavier zu verladen. „Klar", antworteten wir und vertieften uns wieder in unser Thema. Kurze Zeit später kam er erneut und fragte uns, wie gut wir denn im Basteln seien? „Na ja, wir können das schon ganz gut", sagte meine Frau mit einem fragenden Gesicht. „Könnt ihr vielleicht gleich mitkommen und mir helfen?", fragte er. „Ok, machen wir" und marschierten mit ihm zu seinem Bungalow. Es war für uns interessant zu sehen wie unterschiedlich Menschen sein können. Die Zeit drängte und da wir beide sehr praktisch veranlagt sind, packten wir mit an. Joe war gerade in Klärung wegen dem Transport für das Klavier. Wir beide fertigten noch die letzten Feinheiten für die Promotion in den sozialen Medien an. Wir überlegten gemeinsam, ob wir das Reiseklavier zerlegen sollten. Vielleicht getrennt auf unseren Scootern transportieren? Wo soll denn dann der Verstärker hin? Schaffen wir es überhaupt, alles zu transportieren? Der Taxiservice von der Anlage war telefonisch nicht erreichbar und ansonsten war gerade weit und breit auch kein Auto zu sehen. Wir wussten noch nicht so genau, wie es gehen könnte und gleichzeitig vertrauten wir darauf, dass sich eine Lösung zeigen würde. Weiter ging es mit der Fertigstellung der Promotion für den Auftritt bei den sozialen Medien.

Da kam Erik, der Eigentümer der Anlage und wir diskutierten gemeinsam das Thema des Transports erneut. Langsam merkte ich schon, wie ich ein wenig ungeduldig wurde. Da meinte Erik, wer von euch kann das Auto fahren und traut es sich auch zu? Wir sahen uns an und nickten alle drei. „Gut, dann mache ich jetzt meinen alten Suzuki Jeep startklar und ihr könnt das Klavier auf der Ladefläche transportieren". Wir sahen uns an und schmunzelten. „Wow das schien ja wirklich eine einfache Lösung zu sein". Gleichzeitig war die Ladefläche sehr schmal und wir hatten eine Menge zu transportieren. Egal! Erik klemmte die Batterie an und startete den Motor, der schon eine längere Zeit gestanden hatte. Doch er ließ sich nicht lange bitten und mit einem Blubbern erwachte das Leben im Motor. Wir klatschen in die Hände und freuten uns über die einfache Lösung. Da war sie, die Lösung!! Mit der richtigen Einstellung fand sich immer ein Weg, der sich für uns als richtig erwies. Dies hatten wir vor langer Zeit schon gelernt und immer wieder auch erfahren dürfen. Gleichzeitig vergaß ich es auch manchmal und holte es mir dann wieder in meine Gedanken zurück.

Wir packten alles auf die Ladefläche, Hocker, Verstärker, Klavier und diverse Kleinteile. Nur jetzt kam die nächste Frage auf. „Wie sollte das Klavier unbeschadet den steilen Weg nach oben kommen?". Das Resort lag geschützt am Meer und um auf die Hauptstraße zu kommen mussten wir zwei Steigungen meistern. „OK ich setzt mich auf die Ladefläche und halte das Klavier fest" hörte ich mich sagen. „Ja, so sollte das gehen". „Echt das willst du machen?" „Da müssen wir vorsichtig sein" waren die Sätze die ich als Antwort bekam. „Egal", sagte ich so machen wir es. Ich setzte mich wie ein Klavierspieler auf den Hocker und hielt mit beiden Händen das Klavier fest. Da es sehr warm war, zog ich mein T-Shirt aus und fühlte mich großartig hinten auf der Ladefläche. Und genau so machten wir uns auf den Weg zum sogenannten Secret Beach, an dem das Konzert stattfinden sollte. Langsam rollte der Wagen die steile Rampen nach oben. Ich hatte das Klavier fest in den Händen und klammerte mich am Wagen fest, um nicht nach vorne zu rutschen. Gleich hatten wir es geschafft und ich konnte mich etwas entspannter hinsetzen. Die ersten Menschen am Straßenrand entdeckten uns und lachten mir auf der

Ladefläche zu. Winken konnte ich leider nicht, da ich alle Hände voll zu tun hatte, dass dem Klavier nichts passierte. Plötzlich entdeckte ich hinter uns einen Scooter. Peter, ein Freund von uns, saß auf dem Scooter und ich winkte ihm eben mal schnell zu. Er war auf dem Weg zum Konzert und so wusste ich, dass ich eine Hilfe hatte, um das Klavier auch an den Strand zu tragen. Sind das Zufälle oder will das Universum uns unterstützen?

Peter ist ein sehr hilfsbereiter Mensch und erkennt sofort in welchen Situationen er bedingungslos unterstützen kann. Als wir am Abzweig zum Secret Beach ankamen, war ich nass geschwitzt und froh, dass die Tour hier zu Ende war. Vorsichtig hoben wir das Klavier von der Ladefläche und machten uns barfuß auf den steinigen Weg nach unten. Langsam, wirklich sehr langsam ging es Stück für Stück nach unten. Die Badegäste, die uns entgegenkamen, sahen uns ein wenig fragend und verwirrt an. Der ein oder andere fragte uns, ob es das Reiseklavier von Joe sei. Wir nickten und stiegen weiter nach unten. Am Sandstrand angekommen trafen wir auf weitere Fans von ihm. Doch von hier ging es noch zum Nachbarstrand. Das Konzert sollte dort stattfinden, da dort alles noch ein wenig abgeschieden und daher noch perfekter für einen solchen Abend war. Also trugen wir beide das Klavier über die großen Felsen, die uns den Weg zum Nachbarstrand versperrten. Wir hätten vielleicht auch durch das Wasser gehen können, doch das wollten wir nicht riskieren. Mit müden Muskeln, ein wenig erschöpft, stellten wir das Klavier hier am Strand in den Sand und waren froh, dass wir es geschafft hatten. Es war ein ganz schöner Ritt bis hierher und jetzt freuten wir uns auf das bevorstehende Konzert.

Wir legten unsere Decke in den Sand und waren voller Vorfreude auf den Klavierabend mit Sonnenuntergang. Und genau so kam es auch. Die Sonne stieg in den tollsten Farben vom Himmel hinunter, das Wasser lag absolut ruhig in der Bucht und die Musik berauschte unsere Sinne. Es war ein wunderschöner Abend mit einer besonderen Musik den geschätzt 300 Menschen mit uns feierten. Ein fantastisches Erlebnis mit Gänsehaut und einer Herzensberührung vom Allerfeinsten. Das Klavier sang für uns und zauberte Bilder von Frieden und Freiheit in unsere Köpfe. Tiefe Dankbarkeit erfüllte uns das wir dies alles erleben durften. Es war ein heart-touching day mit vielen Facetten.

Kapitel 13 – Mit dem Scooter kreuz und quer über die Insel

Der Scooter ist wohl das beliebteste Fortbewegungsmittel auf der Insel. An jeder Ecke konnten wir uns einen Scooter mieten. Auf den ersten Blick sahen diese alle gleich aus, nur die Farben waren unterschiedlich. Bei genauerem Hinsehen bemerkten wir allerdings schon ein paar Unterschiede. Es gab welche die wirklich gepflegt und andere wiederum die schon lange im Verleih waren und technisch schon etwas runtergerockt waren. Mit 125ccm sind diese alle echt gut ausgestattet, was bei den teilweise steilen Straßen auch von Vorteil, wenn wir zu zweit unterwegs waren. Wir mieteten uns für die gesamte Zeit einen Scooter und bekamen einen super Preis. Lag wohl auch daran, dass der Vermieter in Eile war und keine Zeit auf lange Verhandlungen hatte. Vorsichtig starteten wir unseren ersten Ausflug. An den Linksverkehr hatten wir uns als Fußgänger noch nicht ganz gewöhnt. Wir sahen beim Überqueren immer noch in die falsche Richtung. Deshalb fuhren wir auch mit dem Scooter erst einmal auf einer ruhigen Nebenstraße ein paar Meter, um ein Gefühl dafür zu bekommen. Es klappte gut, da wir einen Automatik-Scooter hatten und so konnten wir uns auch bald in den chaotischen Straßenverkehr einreihen. Mit dem fahrbaren Untersatz erkundeten wir die Uferstraße bis zur nächsten Ortschaft. Und hier stellten wir bereits fest, dass fast alle anderen Scooterfahrer ohne Helm unterwegs waren. Wir hatten zwei Helme von unserem Vermieter mitbekommen und diese zogen wir auch jedes Mal auf, wenn wir losfuhren. Unser Kopf ist uns einfach zu wichtig und deshalb riskierten wir hier nichts. Die meisten allerdings fuhren ohne Helm, mit freiem Oberkörper und Flip-Flops. Was ja bei den Temperaturen auch sicher angebracht war. Allerdings bemerkten wir auch viele weiße Pflaster, Verbände und Gipse an den verschiedenen Stellen der Touristen. Wir erfuhren, dass diese Phangan-Tattoos genannt wurden und von den diversen Unfällen stammten. Die Krankenhäuser hatte in der Hauptsaison alle Hände voll zu tun.

Mit 30 km/h hatten wir erst einmal eine für uns gute Geschwindigkeit für die Straßen. So konnten wir in Ruhe alles am Straßenrand erkunden und den anderen Verkehrsteilnehmern noch gut in die Augen sehen, um zu erkennen was deren Plan war. Wir wurden so ziemlich von allen anderen überholt was uns allerdings auch egal war, da wir in den Ferien waren und keine Eile hatten. Wir waren es bereits von Sylt gewohnt, dass Touristen es eilig haben, da die Ferienzeit sehr kostbar war und diese so viel wie möglich erleben wollten. Dass die Einheimischen Gas gaben, konnte ich ja noch gut verstehen. Diese kannten ihre Straßen so gut, dass ihnen alle Löcher und Kanten auch vertraut waren. Mit dem Scooter transportierten sie auch wirklich alles. Da gab es fast nichts, was wir nicht gesehen hatten. Kisten mit Bier zwischen Fahrer und Beifahrer, Hunde zwischen dem Lenker und dem Fahrer, Hühner in Käfigen, einfach alles wurde so transportiert. Und wenn die Fracht dann wirklich zu groß und zu schwer war, dann gab es da noch den Scooter mit dem Beiwagen. Dieser wurde als Transportmittel oder dann als fahrender Verkaufsstand verwendet. Mit ein paar Handgriffen war der Stand aufgebaut und die Garküche oder der Obststand war eröffnet.

Bei einer Fahrt im Norden standen wir beide allerdings mit offenem Mund am Straßenrand. Sieben Personen auf einem Scooter, eine ganze Thaifamilie mit fünf Kindern kam um die Ecke gedüst. Das kleinste war etwa ein Jahr alt und lag in den Armen der Mutter. Ein Mädchen stand am Lenker dann kam der Vater, dann die Jungs in verschiedenen Größen und zum Schluss saß die Mutter am äußersten Rand, um alles zusammenzuhalten. Wir konnten es nicht fassen und doch war es wahr. Da hätte sich unsere Verkehrspolizei noch ein Stück von abschneiden können. Und natürlich hatte niemand einen Helm auf oder sonst eine Sicherung. Dafür war die Familie mit flottem Tempo unterwegs. Scheinbar war es ein normaler Ausflug für diese sieben.

Dass es eine Altersgrenze für das Scooterfahren gibt, ist ebenso Auslegungssache. Wir sahen drei Jungs und rechneten, dass ihr Alter zusammengerechnet wohl 18 Jahre ergeben muss. Somit hatten sie zusammengefasst das gesetzliche Alter für das Führen eines Scooters erreicht.

Allerdings überraschte mich schon immer wieder wie die Touristen unterwegs waren. In der einen Hand das Handy am Ohr und mit der anderen Hand wurde gesteuert. Dazu kam ein nackter Oberkörper, der meist mit vielen Tätowierungen verziert war. Auch die Frauen brausten teilweise in hohem Tempo an uns vorbei und das obwohl die nächste Kurve nicht einsehbar war. Gerade die vielen songtaews – übersetzt Sammeltaxis - hupten beim Überholen und nutzen gerne mal die ganze Straßenbreite für ihre Fahrt aus. Da war schnelles Reagieren und Ausweichen gefragt. Wir waren froh, wenn wir gut wieder angekommen waren und die Helme absetzen konnten. Meine Frau schlug auch immer wieder vor, dass wir doch den Scooter einfach abstellen, und ein paar Schritte zu Fuß gehen sollten. Es war zwar nicht der Thai-Style und gleichzeitig sahen wir so noch mehr und konnten auch mit den Einheimischen gut in Kontakt kommen. Der Thai-Style sah so aus, dass man exakt bis zum Geschäft, Obststand oder was auch immer vorfuhr und mit laufendem Motor das entsprechende Geschäft abschloss. Für ein paar Meter gehen war es den Meisten wohl zu heiß.

Und dann sind da auch noch die Hunde auf den Straßen. Die fühlen sich wohl zwischen den Autos und den vielen Scootern und gehen teilweise gelangweilt und in einer Seelenruhe über die Straßen, dass es für beide Seiten gefährlich werden kann. Vielleicht brauchen sie auch das Lebendige und fühlen sich in den Hütten einfach einsam. Ich weiß es nicht!

Wir sind das ein oder andere Mal ordentlich erschrocken als wir um die Ecke kamen und einen Hund beim Überqueren der Straße entdeckten. Mit unserer entspannten Fahrweise war es dann doch leichter auszuweichen und dem Hund den notwendigen Platz auf der Straße zu geben.

Es war eine gegenseitige Rücksichtnahme, die das Miteinander auf der Straße einfacher machte.

Kapitel 14 – Wir verabschieden uns von Thailand

So einen bewegenden Abschied hatten wir wirklich nicht erwartet. Doch erst einmal von vorne. Nachdem wir mit fast allen Urlaubern vom Resort unsere Reiki-Erfahrung erweitert hatten, fühlten wir uns sehr verbunden mit den Menschen. Und wie wir beim Abschied feststellten, war das gleiche Gefühl auf der anderen Seite auch entstanden. Morgens um kurz nach sieben winkte uns Birgit freudig noch vom Balkon. Silke, die auch Geburtstag hatte, verabschiedete sich ganz herzlich von uns. Anja wollte uns gar nicht mehr loslassen und Nio, die Chefin vom Ressort freute sich schon auf ein Wiedersehen im nächsten Jahr. So viel Zuneigung und Dankbarkeit hatten wir wirklich nicht erwartet. Als unser Pick Up vom Hof rollte, winkten uns alle noch einmal kräftig zu. In gemütlichem Tempo ging es nach Thong Sala an den Hafen. Auf den Straßen von Koh Phangan war es noch sehr ruhig. Nachdem wir unser Ticket bekommen hatten, ging es auch schon bald mit der schnellsten Fähre weiter nach Koh Samui. Das Wasser war heute sehr ruhig und doch fühlte sich die Fahrt wie Bullenreiten an. Die Motoren gierten nach mehr Wasser und tanzten auf den Wellen wie ein wilder Stier. Für unseren

Magen, der bisher nur eine Banane bekommen hat, war es eine kleine Herausforderung.

Der Flughafen von Koh Samui ist nicht besonders groß. Es gibt nur wenige Fluggesellschaften, die hier landen. Am Counter von Bangkok Airways wurden wir gefragt, ob wir mit einem früheren Flieger starten wollten. Uns kam das sehr gelegen da wir dachten, dass wir somit früher zu einem guten Frühstück in Bangkok kommen würden. Doch nach der Gepäckabgabe sahen wir nach der nächsten Ecke, was wir alles versäumt hatten. Da gab es wunderschöne Geschäfte, feine kleine Restaurants, Massagepraxen und vieles mehr. Eine leichte Hintergrundmelodie und eine saubere Umgebung hätten uns den Aufenthalt hier sicher versüßt. Doch wir mussten weiter da Boarding schon recht bald angesagt war. Grummelig machten wir uns auch den Weg zum Counter. Und hier wartete auch schon die erste Überraschung auf uns. Neben zwei anderen Namen war auch der Name meiner Frau auf einer Tafel angeschrieben. „Oh, was hatte das wohl zu bedeuten"? fragten wir uns. So gleich erfuhren wir, dass in unserem Gepäck ein Feuerzeug gefunden wurde. Und nach den neuen Regularien vom örtlichen Flughafen war das strikt verboten. Mit einem Personen-Trolley wurde ich zum Gepäckbereich gefahren und dort stand mein Rucksack auch schon. „Please open, khab", lautete die Anweisung. Ich sah, dass jedes Gepäckstück durch einen Automaten geschickt wurde und von

Frauen mit Schleiern auf dem Boden sitzend weitergeschoben wurde. Meinen Rucksack hatten die Frauen herausgefischt und separat gestellt. Im Rucksackdeckel befand sich der gesuchte Gegenstand und mein Rucksack wurde noch einmal durch den Automaten geschoben. „Again, a second one"! hörte ich die Dame sehr verärgert sagen. Sie meinte wohl, dass es ein weiteres Feuerzeug in meinem Rucksack hatte. Konnte ich nicht glauben, war aber so. Dieses Mal war der Ton schon deutlich schärfer und die Ungeduld spürte ich im Nacken. War doch glatt neben dem einen Feuerzeug noch ein zweites versteckt gewesen. Zurück ging es auf dem gleichen Weg. Dort wartete ein weiteres Gefährt auf uns mit ein paar anderen Passagieren. Ein wenig später kam noch eine Mexikanerin zu uns in das Gefährt. Ich grinste sie an und fragte, „Did you also travel with lighter"? Sie lachte und nickte mir zu. „I never had problems with my lighter. This is for the first time". Lag wohl an den harten Bestimmungen auf Koh Samui. Der Wagen fuhr mit uns ein paar Meter, als er plötzlich stehen blieb und umdrehte. Wir schmunzelten und dachten, dass noch jemand anderes mit illegalem Feuerzeug verreist war und zusteigen wollte. Doch wir erfuhren, dass unser Flugzeug ein technisches Problem hatte und wir zurück zum Gate gebracht wurden. „Vielleicht sollten wir gar nicht fliegen und hierbleiben", mutmaßte meine Frau. Zusammen mit einigen anderen Passagieren

96

warteten wir im Abflugbereich auf weitere Anweisungen und holten uns in der Zwischenzeit einen Kaffee. „Das dunkle Getränk ist immer wieder lecker, besonders wenn es aus einer guten Kaffeemaschine kam", dachte ich so bei mir und beobachtete das Treiben in unserer Abflughalle. Niemand schien besondere Eile zu haben.

Nach einer halben Stunde ging es dann erneut los und wir bestiegen den Flieger. Hier sahen wir, dass ¾ des Fliegers bereits mit Passagieren besetzt war und wir Glück hatten, dass wir außerhalb warten konnten. Ein paar Sauerstoffmasken hatten wohl ein Problem und so musste die Technik dies erst einmal lösen.

Jetzt endlich flogen wir nach Bangkok und hatten einen ruhigen und gemütlichen Aufenthalt an Board.

In Bangkok holten wir unser Gepäck ab. Allerdings dauerte dies sehr lange. Mein Gepäck war eines der ersten nach dem Vorfall mit den Feuerzeugen und das meiner Frau war fast das letzte. Wir checkten in der Zwischenzeit schon mal ob wir die Gepäckabschnitte dabeihatten, nur für den Fall, dass der zweite Rucksack vielleicht in Koh Samui am Airport geblieben war. Hätte ja sein können, wegen der Sache mit dem Feuerzeug. Doch alles war angekommen und wir freuten uns auf ein typisches thailändisches Mittagessen.

Am Emirates Schalter zum Check In nach Dubai verlief alles entspannt bis zu dem Zeitpunkt als uns die Mitarbeiterin sagte, dass unser Gepäck bis Düsseldorf durchgecheckt wird. „Halt, halt", sagte ich. „Wir bleiben in Dubai über Nacht und werden morgen in der Früh eine schöne Tour durch Dubai machen. Dafür brauchen wir Zahnbürste und ein paar Dinge mehr". Doch die Regeln sehen anders aus. Diese besagen, bei einem Aufenthalt von unter 24 Stunden gilt dies als Zwischenstopp. Bei einem so kurzen Aufenthalt wird das Gepäck nicht noch einmal separat ausgegeben. Etwas missmutig schnappten wir uns die Rucksäcke, packten fast alles wieder aus und nahmen das für unseren Aufenthalt Notwendigste mit in unser Handgepäck.

Mit dicken Taschen begaben wir uns zum Security Schalter und hofften, dass alles durchgewunken werden würde. So war es dann auch. Wir wollten jetzt noch ein wenig in der Glitzerwelt vom Duty Free in Bangkok shoppen gehen. Wir wussten, dass es hier Shops von vielen bekannte Labels gibt und außerdem brauchten wir noch ein paar Mitbringsel. Doch wir hatten die Ausreise nicht berücksichtigt. Hier wurde noch einmal kräftig kontrolliert, Fotos gemacht und alles erfasst. Und natürlich dauerte das entsprechend an so einem großen Flughafen. Besonders da eine größere Reisegruppe von Chinesen vor uns stand und mit lauter Stimme und hektischem Getue alle anderen unterhielten. Geduldig warteten wir bis wir an der Reihe waren. Gleichzeitig schwand unsere Shoppingzeit auf nahezu Null. Schnellen Schrittes machten wir uns auf den Weg zum Gate. Dort erwartete uns ein A 380 Riesenflugzeug. Wir waren bisher noch nie mit so einem gigantischen Flugzeug geflogen und standen mit leuchtenden Augen an den Fensterscheiben, um den Flieger genauer von außen zu betrachten. Uns erfüllte Dankbarkeit, dass wir die Chance hatten mitzufliegen. Es war ein wunderbares Ende für einen aufregenden Tag.

Rückblick – es war vieles sehr wundervoll

Im Rückblick erscheinen manche Dinge in einem anderen Licht. Auch der Ausflug zum Mahanakhon in Bangkok bekam eine andere Bedeutung. Das bisher höchste Gebäude, das wir besucht hatten, rutschte auf Platz 2.

Bei unserer Rückreise hatten wir die Chance einen Sonnenaufgang auf dem Burj Khalifa zu erleben. Mit 828 Meter ist es derzeit das höchste Bauwerk. Im 124-sten Stockwerk, gefühlt kurz vor dem Himmel, sahen wir am Freitag Morgen einen sensationellen Sonnenaufgang. In weniger als einer Minute schossen wir mit dem Aufzug auf über 500 Meter Höhe. Oben angekommen hatten wir erwartet fast alleine zu sein. Wer sollte sich schon um diese frühe Uhrzeit auf den Weg machen, um dieses Spektakel zu erleben? Es kam anders. Denn es waren bestimmt 100 Menschen auf der Plattform und fieberten der Sonne entgegen. Die gigantischen Hochhäuser von Dubai waren bis zur Hälfte in Wolken eingetaucht, nur die Spitzen zeigten sich zwischen dem Nebel. Es war ein surreales Bild. Eingetaucht in Watte, die sich heute Morgen undurchsichtig zeigte, standen diese Betonriesen vor unserem Ausblick. Die ganze neugebaute Stadt war bedeckt mit Nebel, der langsam hin und her zog. Er gab uns keinen Blick auf die darunter liegende Stadt frei. Nebenan über der Altstadt am Creek war es ganz anders. Hier war die Sicht frei und in der Ferne konnten wir mit ein wenig Phantasie sogar das Meer erkennen.

Im Osten wurden die ersten Wolken zart angestrahlt und leuchteten in einem feinen Orange. Bis zum Sonnenaufgang war noch ein wenig Zeit. Alle starrten gebannt in die gleiche Richtung, orientierten ihre Handys und Kameras auf genau den einen Punkt. Ein warmes Lüftchen wehte hier oben. Es fühlte sich an als ob wir dem Himmel sehr viel nähergekommen wären. Aufgeregt warteten wir auf den Moment, in dem sich die Sonne zeigen sollte. Ganz fein, zart und mit einer hellen Silhouette erkannten wir im Dunst die Umrisse. Da war er, der neue Tag mit neuen Erlebnissen, Gefühlen und Veränderungen. Stück für Stück wanderte die zarte Silhouette den Himmel nach oben und zeigte ein bißchen mehr von sich. Das Licht der Sonne wurde langsam kräftiger und wir fühlten eine Gänsehaut am ganzen Körper. Es war ein aufregender Moment. Friedlich und dankbar standen wir beide hier oben.

Im Gegensatz dazu hatten wir den Mahanakhon ganz anders erlebt. Durch die Glasplattform verknüpfte ich mit dieser Besichtigung mehr Herausforderung und ein abenteuerliches Kribbeln. So lieferte jeder Ausflug in die Höhe ein anderes Erleben und eine andere Sichtweise.

: